随笔

情比知重

あとの祭り　知より情だよ

［日］渡边淳一 著

侯为 译

青岛出版集团 | 青岛出版社

山东省版权局著作权合同登记号 图字：15-2017-237 号

图书在版编目（CIP）数据

情比知重 /（日）渡边淳一著；侯为译 . — 青岛：青岛出版社，2024.1
ISBN 978-7-5736-1814-6

Ⅰ.①情… Ⅱ.①渡… ②侯… Ⅲ.①随笔 – 作品集 –
日本 – 现代 Ⅳ.① I313.65

中国国家版本馆 CIP 数据核字（2023）第 245398 号

		QING BI ZHI ZHONG
书　名		**情比知重**
著　者		［日］渡边淳一
译　者		侯　为
出版发行		青岛出版社
社　址		青岛市崂山区海尔路 182 号（266061）
本社网址		http://www.qdpub.com
邮购电话		0532-68068091
策　划		杨成舜
责任编辑		曹红星
特约编辑		贺树红
封面设计		光合时代
照　排		青岛新华出版照排有限公司
印　刷		青岛双星华信印刷有限公司
出版日期		2024 年 1 月第 1 版　2024 年 1 月第 1 次印刷
开　本		大 32 开（890mm×1240mm）
印　张		5.25
字　数		100 千
书　号		ISBN 978-7-5736-1814-6
定　价		39.00 元

编校印装质量、盗版监督服务电话　4006532017　0532-68068050

目 录

全都说成病

时下,各种说法肆意流行。

提到"拒绝上学,闭门不出"等现象,也都不能当作笑话来讲了。或许"全都说成病"也是其中之一。

最近,某项研究说男性也有更年期障碍。而且,在相关检测项目单中列出了如下症状:

1. 身体欠佳,爱发脾气。

2. 失眠。

3. 心神不安,有孤独感。

4. 闷闷不乐易消沉。

5. 浑身发热,上火、多汗。

6. 眩晕、恶心。

7. 易疲劳。

8. 心悸、气短、胸闷。

9. 腰疼、胳膊腿关节疼。

10. 头疼、头重、肩周疼。

11. 手脚僵硬。

12. 手脚发麻。

该项研究将没有以上症状者作为 A 组，仅有轻微症状者作为 B 组，症状相当明显者作为 C 组，痛苦特别严重者为 D 组。如果认定出现两种以上 C 组的症状，那么患有男性更年期障碍的可能性较大。

这么一说，令人感到情况似乎相当严重。但果真如此吗？

一般来讲，男性到了 50 岁以上大都会出现上述中的三四种症状。例如，易疲劳、肩周疼、腰疼等。

可该项研究却刻意将这些症状说成是男性更年期障碍，是不是有些过分？

该项研究似乎想告诉人们：以前一说到更年期障碍就被认为是只有女性才会发生的问题，但经过详细调查之后发现其实男性也有。

与女性相比，男性的所谓更年期障碍却没有什么显著的生理性变化，这与女性大不相同。

明确地讲，上述检测项目所表示的是男性从 45 岁到进入

50 岁时身体自然发生的变化。

此时的身体已不像二三十岁时那样了——男人们由此意识到了自己身体的极限，于是陷入某种失落的情绪之中。再加上一旦年过五十，就会对自己的将来心生不安，对自己在公司里的现有地位会怎样变化，会以什么职位迎来退休等有所顾虑。

从预见到自己未来的那一刻开始，有些男人便会丧失干劲，在混沌的不安中情绪低落，有时还会感到心悸和气短。

不过，那些症状并不能算作疾病，而是上了年纪的人几乎都会发生的现象。

可是，主张男性也有更年期障碍的医师却并未将其简单地归结为"上了年纪"，而是说出现那些症状的人都应该去找专科医生就诊。

这些症状具体来讲就是精神集中力和进取心降低，记忆力减退，肌肉力量减弱，排泄功能衰退等。

该研究还认为越是敏感且抗压能力差的人就越是容易得更年期障碍。要想防止更年期障碍发生就必须放松心情不让压力过多积累，做做慢跑运动和瑜伽，轻松自在地泡着温泉聆听喜欢的音乐等。除此之外，还要注意饭吃八分饱并充分摄入蛋白质。

上述内容听来句句在理，但明确地讲，中老年人几乎都体验过那些症状，并且予以深切关注。

不过，虽说要注意放松心情并保证充足睡眠，可大家都是因为做不到这一点才会深受困扰。

此外，该项研究还说，有那些症状的人应该去看泌尿科的男性更年期障碍门诊，并接受相关治疗。但是，究竟有没有必要这样做呢？

对于那些人来说，有一种治疗方法就是撤销退休的规定并立即任命他们当总经理。这样一来，就能很快治愈。

刻意制造各种疾病并发出警告倒也并非坏事，不过大多数症状也都是自然现象。

刻意给这些自然现象冠以难懂的病名并大肆宣传叫人们去医院，是不是太吓人啦？

关注身体健康当然是最重要的事情，但如果被那些夸张的病名吓住而频繁去医院，精神压力反倒会因此而加重，所以应注意把握好分寸。

女优缺位

所谓女优,是指女演员。

具体来讲,就是在电影、戏剧和电视剧中装扮成某个人物并运用表情和形体动作演绎故事的女性。

那么,日本的女优是什么状况呢?

我们平常所知道的女优好像几乎都不能称作女优。因为那些人最关心和最想出演的是电视广告,而不是戏剧和电影中的角色。

她们看到我这样写或许会说:"不是的,我们拼命地练习演技,都是想拍出好的电影和戏剧。"

虽说肯定也有这样的人,但出演影视剧的著名女优其实不是这样的,她们最希望做的工作就是拍电视广告。

为什么呢?原因非常简单。

因为比起电影或戏剧，拍电视广告能在极短的时间内拿到巨额酬金。不仅如此，拍电视广告还能以最快的速度提高知名度。由于这些原因，如今的女优们都喜欢拍电视广告。

不管是什么内容，只要是电视广告就愿意接拍。哪怕自己的形象受到某种程度的损伤，哪怕疏懒了个人的演艺事业也在所不惜。

因为这不仅是其本人的意愿，甚至连其所属公司也是同样的想法，所以这种风气根本不可能止息。

一般来说，日本的女优都希望出演清纯美丽的角色，特别热衷于那种观众看后都会赞叹"好漂亮""真带劲儿"的角色。

年轻人自不必说，就连年纪相当大的女优都会优先考虑怎样才能把自己拍得更加年轻美丽。

其心情并非不可理解，但作为女优来说，最为关键的应该是容貌要与人物性格相符吧。

但是，因为她们过度在意外表，所以影视剧中常常出现不符合实际的、既年轻又美丽的母亲形象，缺乏真实感。

由于这个原因，拍裸戏就更不可能，只要有脱衣的镜头，她们都会断然拒绝。

她们说这样不利于孩子的教育，不想让家里人看到，对自己的身材没有信心，这种戏不适合自己等等。虽然理由各种各样,但最主要的理由就是拍电视广告的机会可能会因此而减少。

并且为广告下单的赞助商方面也有顾虑。他们过于简单地认为,如果为本公司产品做广告的女优裸露身体,会招来家庭主妇们的反感,产品可能会滞销。

然而,现如今的家庭主妇意识相当超前,我不认为她们会以此为由抵制购物,赞助商的脑筋也太陈旧了。

因此,女优只要能多拍电视广告就会心满意足,自以为已经成了大明星,其实却只是个广告女优而已。

由于这个原因,当女优过气之后很快就会被忘掉。而且因为观众的记忆中可能还残留着依稀印象,所以有人会说"她就是拍过那个什么广告的人"。

当然,在填写从事女优职业的经历时,由于未曾出演过什么著名的影视作品,所以只能写上以前拍过的电视广告名称,如此便显得特别老气。

与这样的日本女优相比,我们了解一下美国女优吧。

现在,NHK正在播出一档特别好的节目——《倾听好莱坞明星和编剧的心声》。

其中查理兹·塞隆①的感言就十分精彩。

---

① 美国影视演员、模特。

她在电影《女魔头》中，为了达到角色的要求而使自己增重 10 公斤以上，并且将眉毛变得稀疏，使皮肤粗糙，甚至做了牙列变形，完全成了一副怪模样。

像她那样美丽的女优似乎没必要做出那么大的牺牲，可她却勇于挑战新的角色，确实堪称壮烈的演员之魂。

她因此而获得了奥斯卡金像奖最佳女主角，这当然是实至名归。

此外，好莱坞的演员们为了演好角色都会付出最大的努力。而且，他们在找到自己想挑战的角色时，有时还会亲自带着原作去找电影公司或制片人推动愿望的实现。

在日本会有为了角色而如此倾情投入的女优吗？

当然，日美之间存在着片酬之差。但虽说如此，我仍希望日本也能出现不过度看重电视广告而致力于角色创作的女优。

不爱泡温泉

现如今泡温泉是时尚,几乎所有的女性一听到泡温泉立刻两眼放光,不停地说"想去,想去"。可是,女性为何那么喜欢温泉呢?

坦率地讲,不爱泡温泉的我实在无法理解。

我之所以不爱泡温泉,原因之一就是小时候洗澡只在浴缸里泡一下就出来,于是受到妈妈训斥。

妈妈叫我"把身体完全泡热后再出来",还摁住我的肩膀叫我数到五十或一百。对于很难安静消停的男孩子来说,这实在是有点儿痛苦。我不爱泡澡似乎就是从那时开始的。

另外还有一个原因,当然是在成年之后。我曾作为整形外科医师被派往北海道内的各个温泉胜地。

例如登别温泉、洞爷湖温泉、阿寒湖温泉等,那里都设有康复中心。

我在那里要泡在温泉里为患者进行治疗。这可是相当费劲的工作，所以我只是看看热水就烦透了。

而且还有一点，就是在康复中心，男女工作人员的洗浴时间是不同的。一般是从下午6点到8点为女士时间，从8点开始为男士时间。

我有一次是在马上就要到8点的时候跑进了浴场。

在一般情况下，当男士打招呼问"有人吗？"的时候，里面的女士就会说"等一下"，然后很快就出来了。可是，那次当我问"有人吗？"的时候，磨砂玻璃门里面却有女性的声音说"请进吧"。

我觉得很奇怪就在外边等，可是等了好久都不见有人出来。我顾不了太多便推门进去，只见四五位食堂的大妈在温泉热气中望着这边。

我赶紧缩成一团从浴池的角落慢慢地浸入池中，可大妈们却根本没有要离开的意思。非但如此，她们还在冲洗台前一边聊天一边不时地朝我这边瞟上几眼。

已经缩成一团的我缩得更紧，全身发烫，感觉自己就像被煮熟的章鱼。后来我终于忍受不下去了，又从浴池的角落慢慢地爬了出来。

反正我是寡不敌众，周围有四五个大妈，我只有逃之夭夭。

有了这种经历，再加上年轻时就因为工作关系泡温泉过度，所以说真心话，我对温泉早已厌烦透顶。

不只是我，男性大都不像女性那样对泡温泉兴趣浓厚。

如果是桑拿浴倒也罢了，可要在那么烫的温泉水里泡几十分钟甚至一个小时以上，我根本无法忍受。

据我推测，也许她们都深信泡在温泉水里可以暖身体，还能使皮肤润滑而变得更美。

不过，目前尚无证据表明长时间泡温泉能够美白皮肤并使人变美。

即便如此，女士们依然热衷于泡温泉，可能就是因为她们感到自己的皮肤变得洁净光滑了吧。而且还有一点，我认为这可能才是她们爱泡温泉的真正目的——长时间泡温泉能够减轻体重！

不过，如果是为了减重，在自家浴盆里多泡会儿也应该是同样效果。所以，还有一种可能，就是花费时间和金钱去泡温泉能够增强享受感。

提到温泉的功效，我就想起了卡露露斯温泉。

我想，知道这个温泉的人可能不多。我去登别出差时曾信步来到这里,进浴池后看到四五位泡温泉的游客不时地用小桶舀起热水往头上浇。

我感到很奇怪,又看到他们突然把脑袋没入水中,片刻之后慢慢浮出水面长长吸气。

为什么要这样做呢？我虽然不太明白,但也跟着他们往头上浇热水。然后,我又把头没入水中,却只感到憋气而并不舒服。

于是,我立刻停下来并离开了浴池。我想搞清楚到底是怎么回事,就在更衣室里向游客询问,对方回答说:"这儿的温泉水对脑袋有疗效。"

他的意思是,这里的温泉水对痴呆和健忘的人有疗效。可是,温泉水里的什么成分能治脑袋的病呢？

不管怎么说,我也曾用那里的温泉水浇过脑袋,所以或许对我也有疗效。

现如今那座温泉依然隐藏在登别的地狱谷里。对自己的脑袋特别在意的先生或女士可去泡一下试试,看看效果怎么样。

烦透了足球

我最近听腻烦透了的就是"足球世界杯"。

电视节目里自不必说，报纸上也是清一色的足球赛内容。不只日本队的胜负，就连德国队、法国队甚至有些陌生国家的足球队赛况也被大肆报道，好像没有足球就过不下去似的。虽说如此，那些人为什么对足球如此狂热呢？

坦率地讲，我对足球不太感兴趣，而且看比赛也会觉得很乏味。其最大的原因就是队员传球频频中断使比赛很不连贯。这是因为虽然队员拼尽全力倒地滑到对手脚下抢了球，可往往只盘带两三下就又被对方抢回去了。本以为这次就能控制住球，却很快又被抢走。

而且，球踢出去后有时跑到对手脚下，有时跑到队友脚下，眼花缭乱令人难以持续观战。

更令人扫兴的是，队员动不动就倒在场上蜷作一团。那当然是在强忍冲撞所带来的疼痛，可每次都迫使观众担心"伤得怎么样啊"。总让观众看着揪心——也是我不喜欢足球赛的原因。

而且，最令我深感无趣的就是进球得分极少。比如说，大多数比赛整场也就是1比0或2比0顶多3比2的比分，如果能拿到4分那简直不得了。因此也可以说，足球赛中能让观众欣喜若狂的场面特别少。

或许足球爱好者觉得这样才令人兴奋，够刺激，但像这种只在一瞬间即可将此前努力化为乌有的竞技运动也确实少见。

虽然我挑了这么多毛病，但足球赛中还是有一种感觉特爽或者说非常痛快的场面。

那就是在进球的瞬间，射门队员自不必说，全队的人都会互相拥抱或叠罗汉热烈庆祝。特别是进球的队员，有的伸展双臂指向天空像在说"难以置信"，有的在场内狂奔仿佛在说"是我踢进的"，还有的脱掉球衣裸露上身。

再没有比足球更夸张和纵情表现自己的竞技运动了。

年轻人之所以会被强烈吸引，也是因为观看足球赛能够与球员们共同沉浸在这种欢悦之中，还能尽情地欢呼雀跃吧。

由此来看，棒球赛也好、篮球赛也好、高尔夫球赛也好，获胜者都不能像足球赛那样在对手眼前明目张胆地欢庆胜利。至于相扑、柔道等项目，那就更为质朴，即使好不容易获胜，选手也只是挺挺胸示意而已。

不止如此，说到围棋等比赛，当对手投子认输时，获胜者反倒像是做了错事似的垂下双眼。

因为对手就在面前，所以获胜者确实不好意思振臂欢呼。

由此看来，足球赛就显得较为豪放或者说爽直。所以，也许越是能够纵情表达喜悦之情的竞技运动就越受年轻人喜爱。

我写此稿的当下是星期六（2006 年 6 月 17 日），明天日本队将与克罗地亚队比赛，电视里照例会是清一色的足球节目。那位前国脚又出现在电视中预测比赛了。

虽然我觉得这种预测全都徒劳无用，可他本人却讲得极为认真："只要忘掉输给澳大利亚队那场比赛，调整好精神状态，就有充分的获胜机会。"若真如此，那健忘的人就都能获胜了吧。

不过，这次日本队要想进决赛恐怕不那么容易了吧。我倒不是想吹牛，在日本队与澳大利亚队比赛前，我就曾押日本队输，结果不出我所料。

其原因极为简单——对手看上去都很高大威猛。

我曾偶尔在某个深夜看到其他国家队的比赛直播,其球员全都那么身强力壮、生龙活虎。

我由此想到,现如今足球赛已成为男人与男人激烈冲撞的格斗式竞技运动。在这种运动中,身材高大而强壮的队员无疑占有压倒性优势。可是,现如今的日本队员大多较为瘦小,而且过度注重技术。

我觉得不如先挑选体格高大健壮的队员。若非如此,今后日本队恐怕将难以赢得比赛。

虽说如此,那种狂热状态究竟会怎样发展呢? 不管日本队是赢是输,明晚年轻人肯定还会在涩谷的公寓楼下呐喊游行。

然而,在日本到处都是从早到晚谈论足球,感觉好像不聊足球就不是人。

这种全民步调一致地为某件事狂热的现象,正是二战后已过60年的现如今东南亚各国仍对日本心存戒备的最大原因吧。

心诚则灵

近来,我走在街上时发现年轻女子的体形越来越好了。

身材苗条、四肢颀长,穿牛仔裤十分合适。

不过,以前可很少见到这种身材优美的女子。

这时,我想起了去年上映的电影《永远的三丁木的夕阳》。这部作品再现了昭和三十三年(1958年)东京的平民区生活,引起了很多人的共鸣。不过只有一点让我难以接受,就是影片中出现的酒馆女老板。

这个角色由加藤小雪女士饰演,但坦白地讲,那个时代还没有如此身高臂长的女子。虽说当时的街景和社会状况在电影中得到了真实再现,但只有女主角的体形缺乏真实感。

既然想再现当时的情景,那么我希望出场人物也应该由身材敦实、胳膊腿稍短的女演员来演。当时,日本的男女身材都比较矮,即所谓的小短腿。

但是,现如今到处都是高个子、长胳膊长腿的女子了。

日本人的身材为什么会有如此变化呢?

关于这方面的原因常听到的看法是,日本二战后随着经济的发展,饮食也渐趋西化,人们开始摄入富含蛋白质的肉类和乳制品。

此外,生活方式也已西化,人们开始使用椅子而不都是日本式跪坐了。而且,女性也已从旧意识中解放出来,得到了自由,等等。

不过,在那以前也并非没有人采用西式餐饮和西方生活方式,而且不乏性格自由奔放的女子。但是,那些人未必可以说都长得身高臂长。

如此看来,似乎很难把体形变化的原因完全归结于生活环境的变化。

我不认为日本人体形的显著变化只用世代繁衍和饮食状况改善就能解释清楚。

比这些更重要的是二战后快速普及的欧美化倾向。

从那时开始,女人们都憧憬长胳膊长腿和小脸型。而且,体形接近欧美人的女优和模特也很受欢迎,这些人总是备受热捧。

可能就是这种"想长成那样"的心愿迅速地改变了日本人的体形。

也许有人会提出疑问:"没有世代繁衍这也能做到吗?"但实际上真的发生了变化,谁都无法否认。

总而言之,"心诚则灵"。

当然,诸如鼻梁长高些,头发变成金黄色等过分的要求恐怕就难以如愿了。但只要诚心诚意地满怀希望,总是不会毫无意义的。

女性的变化之所以比男性显著,或许就是因为男性对姿容的关心不像女性那么强烈。

总而言之,永远胸怀积极向上的愿望,本身就是十分有意义的事情。

情比知重

最近连续发生了儿起恶性杀人案：秋田小学学生被杀案，奈良一家三口被烧致死案，东大阪集体暴力杀人案等。

本来像杀人这类犯罪都是由于某种特殊心理状况所导致，但近来的杀人案动机却令人百思不得其解。

以前的案犯大都是由于生活贫困，入室盗窃时被发现而冲动杀人，但近来很少发生那种动机单纯的杀人案了。

现如今凶手杀人的原因更加复杂，手法也多种多样，全都与当代社会的状况密切相关。

特别是奈良那个高一少年，若说性质恶劣也确实如此，但仍令人感到可怜和痛心。

该少年被当医师的父亲赶进被称作ICU（重症监护室）的学习室里，被迫日夜不停地做功课。而且，少年考试成绩稍有下降就会遭到父亲殴打。他还特别憎恨向父亲通风报信的母亲。

那位父亲好像一心只想让儿子考上医学部。然而,医师职业真有那么好吗?

医师这个职业确曾有过得天独厚的时期,可那是在距今几十年以前,而现在的收入还不如一流企业的职员。

明知如此却还要一意孤行地让儿子考医科,真是搞错了时代。

虽说如此,我看到这些杀人案所想到的是"对智育过度偏重"。

所谓智育,就是指知识和学问、在学校学习的成绩等等。而偏重智育者们深信这些都是最重要的条件,只重视这类学习成绩。

特别是当孩子考上名牌大学或学校时就会对其大加赞赏,家长还能对别人自我夸耀一番。

然而,学问和知识的世界其实只是人格的一个方面而已。

每个人的人格并不能仅仅因此便得到磨炼和提高。这种方式也不能培养内涵充实且极富魅力的人性。就算毕业于号称聚集了最强大脑的东京大学,并且入职超一流的公司,也并不意味着人格也那么高尚。

如果不在社会上经风雨见世面就不能了解人间冷暖,就不能充实自己的精神世界,不管大脑怎样好使都没有任何意义。

当我看到最近发生的诸多事件时再次想到,现如今的教育过度重视开发智商,却忽视了情商的培养。

人们单纯地认为所谓教育首先就是传授知识,所以只是灌输词语的含义和理论知识。然后通过测试来检验教育的结果,只要考试成绩优秀就予以褒奖。

相反,如果考试成绩不好就会被判定为头脑不好使的差等生。

然而,教育不应只偏重于知识的灌输,比起理论知识首先应该培养情商。

看到美丽的事物就产生美感,听到哀伤的旋律就悲从心生;高兴时就开怀大笑,寂寞时就泪湿双眼;厌恶丑恶的事物,同情可怜的事物……总而言之,应该自然地感受喜怒哀乐,并率真地予以表达。这种情操教育才是学校应该优先做好的,而智育则在其后。

我们只要反躬自省就能明白这一点,人类本来并非只靠知识,还要靠感情生存。比起那些貌似有理的知识,好恶哀乐的情绪更能左右个人的行为。

正因如此,学校首先应该做好学生情操方面的教育,在培养学生丰富的感受性的基础上再讲授理论知识,让学生了解人性。

现代教育把这种理所当然的顺序完全搞反了,如果不进行纠正,这类恶性案件就不会从此断绝。

自然治愈力

今天早上，当我站在卫生间镜前洗脸时，发生了意想不到的事情：我照着镜子轻轻抚摸了一下额头，痂皮就自然脱落了。

如果有人问："那又怎样？"我也无言以答，但总之我非常高兴。

说到这痂皮的由来话有点儿长，事情的发端是在 10 天之前。我的额头发际线右侧起了个疖肿。

我已经几十年没起过疖肿，所以就没去管它。可是，当我第二天梳头时，不小心用梳齿碰到了那个部位。

我在年轻时曾偶尔因此困扰不堪，现如今到了这个年纪就轻率地以为再也不会发生那种事了。可疖肿却越来越疼，两天之后周围也红肿起来。

多数人此时可能会去医院,而我就这么点儿毛病是不会去的。

总而言之,遇到这种情况绝对不要触碰患部,只能静静地熬时间。

实际上只要这样做,红肿钝痛的患部从第二天就开始缩小范围,而且钝痛也稍稍缓解。也就是说,患部已不再扩散。

用通俗的说法来讲就是:患部内的我方防卫部队开始全面追剿入侵的细菌残敌了。

再过两天,正如我们所期待的那样,疖肿的顶端渐渐突出并破皮,同时流出少量脓液。

这说明防卫部队即将完全驱除细菌残敌,此时仍不可触碰患部,任其自愈。

再过一天,患部形成了面积约一平方厘米的黑色痂皮。

这正是遭到追剿而败逃的细菌残骸。到了这个阶段即可放心,我们体内的防卫部队已经胜利在握。

不过,此时依然不可触碰患部,更不能抠掉痂皮。因为当痂皮被抠掉时,细菌的残兵败将受到刺激还会卷土重来,所以仍需静待其自愈。

不过,痂皮长在额头上毕竟有碍美容。况且我额发稀少不太容易遮掩,所以看到的人都会问我:"那是怎么啦?"

"嗯,起了个疖子……"

我只能这样含糊其词地回答。

总而言之,虽说不太美观,但只要继续耐心等待,两天之后,痂皮下面就会开始发痒。

此时已是胜利在望,但依然不可性急,不要揭掉痂皮。

此后又过了两天,终于到了今天早上,我只是不经意地摸了摸痂皮,它自己就轻而易举地脱落了。

痂皮有一块是五毫米见方,还有两块是三毫米见方,它们接二连三地脱落下来。此时我再照镜子观察,痂皮已全部脱落,只留下一小片胜利纪念碑似的红斑。

以上就是从发现疖肿到完全治愈的全过程。由于我毫不动摇地耐心等待,终于获得了彻底的胜利。

看到这里,有的读者可能会说,什么呀,不就是你脸上长了个疖子被治好这点儿事吗? 确实如此,我在这里想说的是,在此期间我没去过一次医院。

近年来,很多人动不动就往医院跑。特别是那些年轻的妈妈们,看到孩子起了这种疙瘩就觉得"大事不好",赶紧带孩子跑到附近医院去看医生。

但是,医院那种地方可不能轻率地说去就去。

可能有人会说,你原来不是当过医生吗? 可正因为我曾经当过医生，所以才不会轻易地去医院。

当然，如果是得了癌症之类的大病就不能不去医院了。但是，像伤风感冒和这种程度的疖子以及划伤也往医院跑就太不明智了。比起去医院，我们更应该相信自己体内潜在的自然治愈力。

我们人类自不必多说，动物们也都具备自然治愈力。例如野生的狮子和豹子等，即使受过各种外伤仍能强健地生存，就是因为具备了自然治愈力。

所以，我们都不应该盲目地依赖高效药物和注射治疗，而是要相信自身的自然治愈力，尽量使用个人的免疫力来治愈某些疾病。

熟年夫妻(一)

丈夫与妻子,关系有时会发生巨大的变化,一般是在丈夫60岁到65岁的时候。如果是工薪族,差不多就是以退休年龄为界发生这种变化。

男女进入熟年——我把这个年代称作白金时代。从这个时代开始,丈夫与妻子的力量对比渐渐开始发生变化。

现如今女性与男性的平均寿命是有差距的,一般来说,女性比男性多活几年。

女性一直被认为比男性脆弱。然而,那是在10多岁到20多岁,顶多到30多岁时的年轻时期。

男性在这个时期确实强壮,例如能够一下子举起沉重的物体,快速冲刺一百米,发生冲突时激烈对打,所谓的爆发力特别强。而在持久性即长时间做一件事的耐力方面,女性则明显地比男性更胜一筹。

有时候年轻男性缺乏忍耐力明显地表现为不够冷静沉稳，动不动就情绪失控。

多数人只看到某些表面现象就产生了男性比女性强的错觉。但是，真正的力量比如长久存活的生命力以及在抵抗疼痛和寒冷等方面，女性有时候却远远强于男性。

关于这一点我要再次强调，男性顶多是在爆发力方面比女性强，但在持久力方面则明显逊于女性。

虽说如此，男性在 40 多岁到 50 多岁仍在社会上工作，只要不发生太大的问题，地位和收入都会稳步提高。

因此，如果妻子是专职主妇的话，丈夫往往会表现出"是我在养活你"的态度。即便是妻子也在工作，有的丈夫也会因为收入高于妻子而居功自傲。

总而言之，男性总是自负地夸耀——我是这个家里最有实力的人物。

不过，从 55 岁开始，夫妻关系就缓慢而实实在在地发生了逆转。从这时起，有些男性就对眼前隐约出现的退休阴影心生恐惧，变得越来越怯懦和明哲保身了。这种心态与本人是否情愿丝毫无关，而是会随着年龄的增加，切身感受越来越强烈。

然后，随着退休年限临近，那种"是我在养活你"的优越感渐趋弱化，开始切实地感到妻子与自己平起平坐，有时甚至觉得自己的存在感低于妻子。

这时还有一种因素影响巨大，正如本文开头所讲，妻子的平均寿命比丈夫长，妻子的平均结婚年龄也比丈夫年轻几岁。

如此一来，妻子与丈夫对于晚年可能不会拥有共同的愿望。实际上多数丈夫早已预想到自己临终时妻子会守在身边，而妻子则早已在心中勾勒出一幅自己将在丈夫去世后独自生活几年的画面，并开始考虑现实的积蓄问题。

无论哪种情况，随着步入老年，女性与生俱来的强韧生命力渐渐显露。

长年备受丈夫压制的妻子，就从此时开始报复。

本来，中年以后的女性一般会愈发爱唠叨且精气神十足；而与其相比，男性却骤然失去活力。

何况现实中还存在着一定的体力差距，所以夫妻相伴旅行或游玩都要尽量趁早为好。

人一上了年纪经常会说"再过些天就去……"，我看这种话最好别说，夫妻要在都还能跑得动的时候把钱花掉。

当然，没钱的时候恐怕难以做到，但只要有钱就趁早花掉。

日本的夫妻特别是丈夫们，跟妻子同行时往往不愿意去价钱贵的地方。

跟妻子即使是过生日也顶多去家庭餐厅吃一顿。而且就算去了，丈夫看到近千日元的蔬菜沙拉也会说"这么贵，划不来，在家里花二百日元就够啦"，甚至连饭都不吃就回家了。

再加上日本人可能还有农耕民族意识的残余，过日子特别仔细，几乎所有的人都会"为了养老"而攒钱，很多人只看着存折便感到心满意足。

那对"金婆婆银婆婆"① 上电视期间被问到"出场费怎么用"，她们的回答是"为了养老"。

可是，二老没过多久就去世了。

总而言之，再没有比为了养老攒钱却没来得及用就去世更可惜的事情了。

就此告一段落，待续。

① 日本有名的长寿双胞胎姐妹。

熟年夫妻(二)

我在上文中说过,进入熟年的夫妻之间会产生大概一定的体力差距。

因为女性的平均寿命一般比男性长,再加上结婚时夫妻之间还有几岁的年龄差,一般是妻子比丈夫年轻。

这个事实具体会导致什么问题呢? 接下来我举例说明。

假设有一位丈夫在退休后跟妻子一同去法国旅游。

他们先到达巴黎,大家乘坐旅游大巴在市内游览两天,第三天是自由活动。

此时妻子仍兴致勃勃且体力充沛,于是向丈夫建议:"喂,咱们去凡尔赛宫看看吧!"

但是,丈夫却已经有些体力不支,于是说:"不,就在周围转转吧。"他只想在附近凑合一下。

妻子虽然不太情愿地同意了,却又要求说:"那我晚上想去三星级餐馆吃饭哦!"

丈夫仍未同意,并且说:"找个地方吃碗拉面就行了。"

妻子因此大为恼怒,明白自己跟这个人一起出来旅游也没多大意思。

再加上旅途中事事都得照顾丈夫,妻子不禁慨叹自己跑到欧洲来好像就是为了照料丈夫。同时想到今后还得长期与丈夫这样生活下去,更加不胜其烦。于是,返程回国来到机场的瞬间终于向丈夫宣告:"喂,我们分手吧!"

这话对于丈夫来说简直如同晴天霹雳。好不容易熬到退休夫妻相伴同去海外旅游,却成了离婚的导火索。多么富有讽刺性!

如此看来,夫妻似乎也不能轻易同行旅游了。而且说明夫妻之间的体力差距是一个重大的问题。

本来,所谓结婚就是"出身、性格、成长环境、价值观和兴趣全都不同的男女在一时的激情驱使下走到一起,住进蜗居"。

相差如此之大的男女在年轻热恋期间都会想方设法迎合对方,尽量妥协隐忍地共同生活下去。

但是,当双方都上了年纪,随着体力的下降失去了妥协隐忍的耐心时,原本存在的违和感就骤然膨胀形成了巨大的隔阂。

有句古语叫"晴耕雨读"。通俗地讲,就是栖居乡村晴天时下地耕作,雨天时则静心读书的生活。

有些上了年纪的丈夫们将此作为理想的生活方式,即所谓的归隐思想,并向妻子提议:"我们从今往后住在乡下过清静日子吧。"

然而,妻子根本不会有什么归隐思想。

"你说回乡下?!"妻子深感意外,过了片刻才说,"我可不去。"

丈夫再次劝说,妻子强烈地反驳:"你那么想去就自己一个人去吧!"

"你是说你不跟我走吗?"丈夫十分惊讶。

妻子斩钉截铁地拒绝:"与其跟你去那种乡下,我还不如去看宝冢歌舞剧呢!"

由此即可清楚地看到老年男女晚年志向的巨大差异。

一般来说,丈夫的想法是,年纪大了当然要远离世俗,安静地隐居乡村亲近大自然,然而,妻子有时候却是越老越向往金碧辉煌和体面排场。于是,丈夫和妻子就这样背道而驰了。

若在年轻时倒还能克制自己,迎合对方,可到了这个年纪就很难修复裂痕了。一对老夫妻就这样缓慢却不可逆转地土崩瓦解了。

有时候妻子越老就越是意气风发地喋喋不休，食欲旺盛且积极向上地迎接未来。与此相反，有些丈夫一旦老了就迅速失去活力，既顽固又孤高，而且越来越保守。

这些现象只要去养老机构看看便一目了然。即使是在餐厅里，四位大妈围坐的席间爽朗而喧闹，可四位大叔围坐的席间却是少言寡语地各自用餐。

无论是谁都能一眼看清这些男人与女人之间的差异如何巨大。

那么，差异如此之大的男女该用什么方法相互融合呢？且听下文分解。

熟年夫妻(三)

我在熟年夫妻(一)和熟年夫妻(二)中讲了熟年夫妻在体力和兴趣志向方面的差异,这回讲讲该如何弥合这种鸿沟。

对于这个问题,或许有的丈夫会说:"根本没那个必要,我可不想勉强自己去迎合妻子。"

但是,能这样趾高气扬顶多也就到 50 多岁,而到 60 岁以后丈夫的体力和精气神都开始衰弱。与此同时,妻子的报复也就开始了。

这个暂不多说。

前些天我去京都办事,第二天早上在酒店的餐厅里吃饭,看到一对熟年夫妻相对而坐。

我之所以立刻断定他们是夫妻,就因为两人一直只管闷头吃饭。

不只是这一个实例,总体上讲,熟年夫妻之间都没有对话。难得来京都一趟,只是吃顿饭太亏了吧。哪怕只说声"汪"感觉都不一样,然而他们居然连"汪"都不说一声。

我又看到一对年轻的新婚夫妻,两人一边吃饭一边望着对方快乐地交谈。

另有一对男女,虽然稍稍上了些年纪却也在愉快地交谈。

与他们相比,熟年夫妻根本不交谈,好像一说话就会吃大亏似的。不仅如此,吃完饭后丈夫用牙签剔除牙缝间的食物残渣,然后咕嘟咕嘟地喝几口茶水漱口。

随后,妻子慢慢地站起身来,面露"真是受够了"的表情离席而去。落得这样的结果,真不明白来京都吃饭是为了什么。至少在结伴旅游的时候,夫妻之间应该多少有些交流。

但是,在日本,有些丈夫几乎不跟妻子交谈,或不如坦率地说,他们懒得跟妻子说话。

那么,他们为什么不跟妻子交谈呢?

在这方面影响最深的就是日本人所喜欢的谚语——沉默是金,雄辩是银。

另外,过去还曾有过"男人不语只喝札(幌)啤(酒)"的电视广告等等。

其实,现如今去了美国或中国再"沉默是金"一声不吭的话,有时候就会被当成傻瓜。

即便如此,日本的丈夫们还是不会轻易开口,其原因就是他们几乎都认为"跟妻子已经说够了""我们心心相通不用交谈"。然而,只有丈夫们会这样想。

或许就是这样心心相通的妻子某一天会突然提出"咱们分手吧"。实际上,因此而惊慌失措的丈夫不在少数。

如果不想与妻子分手就应该事先跟她沟通,以免发展到那种地步。即使自己觉得这样做很没意思,纯属浪费时间,也要早点儿说出来。

此外,丈夫还要每天帮妻子做一次家务,每月邀请妻子去吃一次饭或看一次电影。

而且要常常夸奖妻子"你好漂亮呀""你总那么辛苦,谢谢了"。就算心里不以为然也要养成口头禅随时脱口而出。

或许有的丈夫会觉得难为情而说不出口,但这种貌似不经意的话语在老了之后却能带来意外的效果。

年过60的丈夫已经不再往家里拿工资了,妻子取而代之在家事方面掌握着实权,并从此时开始慢慢地"报复"丈夫。

实际上,我在参加某个由女性举办的"思考夫妻关系"的会上,就听到一位领军级的女士说过下面这样的话:

退休后的丈夫被称作"大件垃圾",不过因为他们还活着,所以准确地说应该叫"大件活垃圾"。他们已经不再去上班工作了，所以近似于"废弃物"。但因为他们曾给家里带回工资，所以应该被叫作"产业废弃物"。

虽然这是半开玩笑的话，但做丈夫的也要积极向上，不失好奇心地生存下去。

话虽这样讲，可男性是多么脆弱的活物呀！

如此看来，真说不清怎样才是幸福了。不过，像以前那种丈夫趾高气扬地说"是我在养活你"的时代早已结束。

认识到这一点，或许就是夫妻生活幸福的秘诀。

粉红天使

我真不知道这是惊异，还是意外。

某医院的护士，近来都被称作护师，所以感觉不那么亲近了，在这里还是叫护士吧！

听说，那所医院的护士服是粉色的！

只听这个或许有很多人不知道我想说什么，简而言之吧，就是护士服的颜色变成了粉色。

想必人们都会问"为什么？"，反正就是听说那所医院的护士全都穿上了粉色的护士服。

这样一来，"白衣天使"这个说法该怎么办呢？因为大家看到的都是粉色，所以那所医院的护士或许该叫"粉衣天使"吧。

就算是这样，那又为什么选择了这种颜色呢？

听去过那所医院的人说,粉色护士服不仅与护士们格外般配,而且十分可爱。

此外,还有人认为粉色护士服要比白色护士服性感娇艳。

除此之外,本来住院是为了治病,但会不会因为粉色护士服而引发血压增高、心动过速并对康复造成负面影响呢?诸如此类,我所担心的都是无聊之事。

但是,据院方回复,好像在那方面完全没有问题。

因为这所医院专做综合体检,所以没有真正意义上的病人。当然,虽然偶尔也会出现病人,但因为尚未确诊,所以并不在此接受治疗。

总而言之,因为来的几乎都是健康人,所以即使看到穿粉色护士服的护士也不必担心会使病情加重。

这些说法确实不无道理。不过,虽然未必有人看到粉色护士服就加重病情,但或许会有更多人精神振奋而不能自持。

事实上,由身穿粉色护士服的护士来做综合体检相当受人们欢迎。

我曾听一位做过住院检查的男性说,那里的护士大都是年轻的美女,而且身穿粉色护士服。

更有甚者,听他说还有个朋友是公司老总,由于特别喜欢那里的综合体检,每年要去住院检查达4次之多。

此事乍听，会觉得那个人相当注重健康，但真实目的却像是为了跟身穿粉色护士服的护士搭话套近乎。

表面上是为了体检，但实际上却是去做那种事情，这真令人惊讶。不过，只要对夫人说声"我去做综合体检"就不会被干涉，而且费用也可以回公司报销，真是一举两得。

据说，真有男人跟那所医院的护士好上之后叫对方辞职的。

总而言之，那所医院在一部分人中间相当受欢迎，这是确切无疑的事实。

但虽说如此，对于把护士服改为粉色这一创意还是众说纷纭。

一方面，确实有人认为粉色只能刺激患者，所以不太合适；而另一方面，也有人说可以鼓舞患者的斗志。

特别是对于精神萎靡的高龄男性患者能够产生良性刺激，或许有助于治疗。

当然，在前述综合体检中，患者们心满意足，而医院也获得了收益，所以皆大欢喜。

不过，我在这里关注的却是长久以来所熟悉的白衣天使形象。

毕竟白色象征着不受任何污染、纯洁无瑕的形象，所以才会作为护士服。

如果护士服变成了粉色,是不是与以清洁为第一要求的医疗工作不相符呢?

而且,长久以来白色护士服已得到大众的接受和认可,如此随意改变合适吗?

不过,现行医疗法中并未规定护士服必须是白色的。

既然如此,粉色或黑色也似乎皆无不可,但最重要的问题是患者怎样看待。

不过,据我私下打听,医院选择粉色护士服的本意却是此举能促进人事的新陈代谢。

简单明了地讲,就是粉色衣服只适合年轻美女,而上年纪之后就不适合再穿了。于是,上了年纪的护士自己就会早些辞职。

原来选择粉色护士服是一种人事对策。我一边点头,一边惊讶不已。

不过,当我了解到这个情况之后依然喜欢白色护士服。我是白衣派。

虽说是喜事

秋筱宫妃纪子生了男孩之后，社会上响起一片恭喜的声音，电视、报纸、周刊杂志和网站都在报道这个话题。

祝贺纪子妃生男孩的热潮在全国沸腾。

纪子妃生下男孩是在9月6日，以ＮＨＫ为首，各家电视台都暂时撒开所有的节目，声势浩大地报道了与此相关的消息。

最早传出男孩诞生消息的是日本电视台："上午8点26分，纪子妃生了一个男孩。"接着又是ＮＨＫ等几家电视台进行了报道，而日本电视台很快将诞生时刻更正为8点27分，引起哗然。虽然只差一分钟并非大事，却让电视台忙乱不堪。

在此之后，电视台还采访了纪子妃等人，又在爱育医院、新宿以及涩谷等处采访了与男孩诞生没有任何关系的人们。

当然，所有的人都会高兴地说"恭喜恭喜""太棒啦""真不错"之类的话。

不过，既然去涩谷做了采访，那我还想听听早上从酒店出来的睡眼惺忪的年轻男女是怎么说的。

政府方面也介绍了总理大臣、众参两院议长等人的声音，但内容全都一样。虽然说法略有不同，无外乎"可喜可贺"之意。其实，除此之外还有一点虽然不好公开讲，但就是在这个时候我还想听听中韩等国人们的声音。

总而言之，不管换到哪个频道，几乎都是清一色的皇室相关内容。唯有东京电视台仍在播放常规节目，其爱闹别扭的形象格外显眼。

在这一系列报道中令人略感疑惑的是，秋筱宫夫妇不知道新生儿的性别。

有人不想在这种事情上纠缠，这种心情我也理解。但现如今妊娠四个月就能用超声波仪器查明，所以我觉得他们不可能没有确认过。

以前曾有传言说纪子妃怀的是男孩，可负责接生的医师却故意说"不知道"，反而显得很不自然。

当然，这或许是因为顾及皇室典范，但无论如何今后再不能轻言改动皇室典范了。

若有赞成意见就有可能被认为是出于皇太子这一方,而若有反对意见就会猜测是出于秋筱宫这一方。虽然我希望在探讨修改问题时不要纠缠这种事情,但社会却不这么看。

如此看来,这种事情就该更早一些着手运作。不过,若说与普通民众无关也确实无关。倒是玩具厂家抓住商机,制作了与生娃有关的玩偶和王子造型的商品。另外,一边吆喝"恭喜恭喜"一边赚钱,体现出普通民众对生活的热爱。据说,此事的经济效益可达3万亿日元,所以也许确实可喜可贺。

总而言之,虽然在我撰写此稿时尚未确定,但可以预料,在新生亲王名字、相貌等情况也被报道出来之后,也许整个日本还会沸腾。不过,坦率地讲,这未必是件喜庆之事,在我心中存有某种痛楚。

大家想想看,那位新亲王将来不是要当什么社长或总理大臣,而是要当天皇。

或许我这样说不免失敬,现如今从事最艰辛繁重工作的就是陛下。一旦坐到这个位置上就不可能辞退,而且天天都被频密日程缠身,行动受到制约。

我曾一度应召进入皇居,事先就被告知陛下几点几分从哪道门出来,还要在接见来宾几分钟之后从这扇门出去,并提示来宾在某处鞠躬致意。

于是，陛下果然按照程序一分不差地走出那道门，向来宾微微点头致意后走上讲台致辞，再按预定时刻准确地从预定的门走出去。

这样的事情谁能做到呢？如果是我的话，就会边走边向来宾点头致意，有时看到美女还会不禁驻足，问上一句："你从哪儿来？"

不仅如此。只要当了天皇，走到哪里都会有众人围观，所以必须时刻微笑着向大家点头并挥手致意。

在日本人中，点头鞠躬最多的毫无疑问就是陛下。再没有谁能像陛下那样见到所有的人都亲切相待。

虽说如此，陛下也不能为了散心去逛街。这方面的情况从电影《罗马假日》中也能看到，如果像我这样串店喝酒直到半夜的话，立刻就会被皇宫警察拘控。

总而言之，作为皇族实在太不容易了。特别是最近，即使被媒体随意报道他们也不能反驳，令人十分同情。

当我想到新生的亲王已基本确保将来登上那样的位置，就觉得与其说"恭喜"不如说"辛苦"。

虽说是自助餐

这回说说在饭馆等处常见的自助餐。

这也不知是从何时兴起的餐饮模式,感觉像是很久以前,但我特别喜欢。或不如说这种模式很有人情味,而且相当有趣。

我偶尔顾访的涩谷某饭店也有自助餐。

其实我并不是特意去多吃,只是因为该店菜单上的菜品几乎都可以随意点。而且,由于点了自助餐好像更放心,所以我常常去吃。特别是领着年轻人去吃饭时,自助餐是首选。

这是因为,如果点了普通套餐,再想追加时同伴都会很客气,似乎过意不去。但如果是自助餐,就可以毫无顾虑地大声喊"再来一盘肉""加蔬菜"等等。我喜欢这种毫无顾虑的豁达豪放。

再加上那家店的自助餐里有各种各样的牛肉。每位顾客1万日元以上，这是比较贵的自助餐了。如果点了这类自助餐，服务员很快就会端上满满的一大盘牛肉，确实值得称道。而且，你能吃多少就可以点多少，吃几盘都没问题，不必顾虑任何人。

前几天，我就跟三个小伙子去那里用餐，吃得相当多。

我倒是没细数，听一起去的M君说已经吃了10盘，那就是平均每人两盘多。不过，因为肉片切得很薄，所以我觉得一盘也就是二两左右。

后来，我们又大声地喊"再来一盘"。于是，又一盘牛肉上了桌，可这一盘怎么看都跟之前的不一样。

前几盘牛肉白色脂肪较多味道也特别好，可是这一盘却是红肉居多，软塌塌的没有弹性。涮锅后尝了尝，感觉味道一般而且没有肥肉香味。

这到底是怎么回事儿呢？

此时我才意识到，肉品变化是因为我们吃超量了。

刚开始大家连续点餐，直到第10盘还都是按菜单上的特选牛肉上菜。可当超过这个限量之后，就变成低一两个档次的肉品了。

其实从店家的立场来看，虽说是自助餐，但如果顾客全都过量点餐则难以承受。于是,在我们每人平均吃了将近3盘时,或许就换成了便宜的肉品。

"可是,既然我们点的是高等级牛肉,就应该按这个上餐呀!"

吃得最多的M君失望地表示不满,大家也都点头赞同。但又觉得提出抗议也不好,于是后来又追加了一盘终于作罢。当然,吃了这盘后大家都饱了。不过,心里还是感觉不爽。

还有一次是在九月中旬,我去札幌时吃过一回烤肉。

那是一家由啤酒公司经营的餐馆,好像几乎所有的顾客都会点自助餐。于是,我点了羊羔肉的自助餐,味道确实鲜美。

虽然近来东京的烤肉店也有所增加,但在那种小店里吃烤肉实在是没感觉。

所以,还是要去北海道那种空气干燥的地方。若有可能就要采用野外烧烤那样的户外方式,即便是室内也要在那种高顶棚的餐馆里吃才香。

而且,在肉片下面要铺上豆芽,上面也要盖上豆芽,把肉片烤得松软而不焦煳。因此大家交口称赞"好吃好吃",并连续追加大快朵颐。这时,有人突然大叫"奇怪"。原来是肉品出了状况,感觉比之前吃的硬一些而且膻味较重。

"这是老羊肉呀!"

他从年轻时起就经常吃烤羊肉,所以对羊肉非常熟悉。整个房间都熏染了羊膻味,令他不堪忍受。

"我点的是羊羔肉自助餐嘛!"

同伴之一表情不爽地向店员抱怨,而店员却冷冷地回答说:"这就是羊羔肉。"

虽然那肯定不是羊羔肉,但店员都是遵照上司的指示回答,所以他们也挺可怜的。

"可能是点餐过量了吧……"

看样子,就像牛肉点餐过量就没肥肉一样,羊羔肉点餐过量就变成老羊肉了。

"只是小羊长大了而已嘛!"

自我安慰一下之后又要了一盘,但大家好像突然都没了食欲,于是就此作罢。

我因此避免了暴饮暴食,而且在用餐过程中"羊羔"长成了老羊,就觉得自助餐既有人情味又有趣。

老年人再雇用

据说,在日本 65 岁以上的老年人口所占人口比重已达到世界第一。

虽然这一天是敬老日,可登载和播发这则报道的报纸和电视台却高兴不起来。我倒不是想说要像报道悠仁亲王诞生的消息那样轰轰烈烈,但还是希望报道得更加喜庆些。

这可不能当喜事报道——记者和主播的心情并非不能理解。

听到有关老人占全部人口比重过大的消息,任何人都会想到他们所需要的养老金和老年人医疗问题。

一般来说,人口数量越多力量越大。但是,老年人却并非如此,在很多情况下反倒会成为负担。

我虽这么讲,可自己也已进入这个群体了,因此没资格说这说那。

我虽然也想说句"活得太久，十分抱歉"，但因为有些年轻人已成为更加沉重的负担，所以又觉得"不说也罢"。

虽说如此，在数量庞大的老年人中还有很多人身体依然健康，拥有丰富知识和熟练技能的人也很多。如果仅以年龄大为由就让他们退休，实在是太可惜了。

说到在日本老年人中再就业的比例，在全世界也是属于比较高的水平。

毋庸多说，老年人再就业是件值得高兴的事情，没有理由拒绝再雇用依然健康能干的人和愿意工作的人。

因为老年人再就业一般都是只领养老金的人一定程度上反而又变成了纳税人，所以是"双重得利"。

事实上，国家也对老年人再雇用采取积极态度，但好像一起工作的同事却对老年人心怀不满。例如，老年人在工作中用命令的语气对年轻职员说话，一有活儿就推给年轻职员，说："你来干。"据说，有的老年人爱向女职员发号施令："给我倒杯茶。"

总而言之，他们不会忘记退休前趾高气扬的时光，并不由自主地沉浸在美好时光依旧持续的错觉之中。

据说，正是由于这个原因，下属职员坚决反对再雇用老年人回到退休前的相关部门。

可能有人想说，虽说是再雇用也还算是新聘用，所以老年人也应该像新职员那样放低姿态待人接物。其心情倒也可以理解，但也不难想象老年人未必能够轻易做到。

这事与其说与工作内容有关，不如说与人际关系有关，再加上老年人的兴趣爱好也与年轻人不同，难以融洽相处或许在所难免。

尽管老年人再雇用作为一种理念确实很好，但在现实中却牵涉各种各样的问题。不过，前几天我看到了有趣的景象。

在某街角停着一台卡车，像是销售清凉饮料公司所属车辆。这台卡车附近有台饮料自售机，一位司机模样的男子正忙着往里面填补瓶装饮料。这是街角常见的景象，司机穿着竖条纹套装，像是公司的工作服。但是，那台卡车停放的位置离交叉路口很近，旁边来往的车辆很难顺畅通过。

毋庸赘言，最近交管法又有了新规：在个别路段，司机在停车后离开，车内如果没人，车辆就要被查处。那台卡车当然是在东京都内的各地巡回送货，但司机每次停车都可以顺利离开吗？

我下意识地看了一下驾驶席，才发现副驾驶席还坐着一个人。原来如此，这样当然不会被贴罚单。

我想到这里，又仔细打量那个坐在副驾驶席上的人，怎么看都像是个老年人。他虽然早已年过 70 岁，但还是很正规地穿着竖条纹工作服。

确实不错，这样，即使司机离车作业，一时半会儿也没有问题。

但尽管如此，那位副驾驶在需要的时候能挪车吗？在挪车之前他能应对得了交警吗？

虽说不免令人心生疑问，但车里毕竟还是有人。此时我才意识到，这显然是老年人再雇用的一个实例。

据我分析，由于交通管制严格，所以公司不得不加派一个人跟车，但如果专门雇用年轻人则成本太高。于是找来一位老年人。而受雇用的老年人原先就闲着没事儿干，而此时只是坐着车跑几圈就能赚些零花钱，真是一石二鸟。

如果真是这样，简直堪称既聪明又幽默的再雇用案例。像这样的再雇用大家肯定欢迎。

死亡栏种种

有人说上了年纪之后就会常看报纸上的死亡栏。确实如此，我看报纸到最后也会浏览一下豆腐块一样的死亡栏。

前些年，有一次我去夜总会时曾对工作人员说过此事。对方告诉我："这事儿对我们来说就是工作的一部分。"

因为死亡栏里登载的人很多都曾是他们的顾客或帮助过他们的人，所以我完全理解工作人员的心情。

不过，我在看死亡栏时，关注的却是对于死因的记述。例如前些天去世的原职业棒球队员，特别活跃的著名投手K先生。

我在此郑重声明：我与K先生并不相识，未经许可使用他的信息十分抱歉。不过，我所关注的是对于死因的记述。

在K先生的死亡栏里，只写着"于23日因呼吸衰竭死亡"。

我想，事实上也确实应该是由于呼吸衰竭而死亡。但仔细想来，这种表述并不十分清楚。这是因为人在死去时都会呼吸衰竭。呼吸不畅导致死亡是当然的事——这样说不免失礼，但毕竟是自然而然的事情。

　　另有一个与此相似的常见记述是"心衰"。与呼吸衰竭相同，人在死去时都会心脏停止跳动，陷入衰竭状态后死亡。

　　总而言之，这些记述与其说是死因，不如说是濒死时的状态。人在即将死亡时都是这种状态，真有必要将此作为死因来记述吗？

　　我之所以突然产生了这种想法，就是因为这种记述过于理所当然而似乎有些冷漠，或者说让人还想进一步了解详细情况。比方说，如果在死因栏里注明"因肺癌……"或"因脑梗死并发肺炎……"等，可能会让人缅怀逝者晚年的种种事迹。

　　如果是因为患肺癌去世，人们就会想到"哦，他可能在得肺癌后做过多次手术，并长期与病魔做斗争，最终与世长辞了"，这样为故人祈祷冥福的心情便油然而生。

　　而当人们听说死因是脑梗死时，就会推测到"他可能在某时突然倒下，后来虽经康复治疗病情稍有好转，但又因患感冒并发肺炎而不治身亡"，不禁扼腕叹息并追忆故人的音容笑貌。

如果像这样写明病因，就能使人对逝者产生某种亲近感，可以想象到逝者病故前的过程，并沉浸在无尽的感慨之中——那个时候自己该去医院探望一下。

虽说如此，死亡栏里不填写此类病名恐怕另有原因。

也许是因为逝者或遗属不愿公布病名，或者是担心公布病因会引起过度猜测。另外，还有可能是医院方面建议说："这样就可以了吧。"

总而言之，现如今已是高度尊重个人隐私的时代。近来，在候诊室呼叫患者也不用名字而是号码牌，以至于有的患者一时反应不过来。所以，也许不写明病名已成为这个时代的新趋势或风潮。不过，在现实当中，即使写明病名也不会被人想歪和胡乱猜测吧。

只要不是特殊的异常死亡，写明病名确实能增强对故人的怀念之情和挚爱之情。

但是，前几天某著名作曲家 I 先生逝世后，在有关死亡信息的报道中也是"在某医院死去"。

坦率地讲，那则报道也是很冷漠或者说太简略了。因为 I 先生就是住进那所医院后去世的，这一点确切无疑。

但是，一般人们想知道的并非死亡的地点。所以，在多数场合只说明在医院或在自己家里，并不能满足人们的知情愿望。所以，比起地点人们更关心死者得的是什么病。

那么，如果有人问我："那你呢？"我当然同意明确地写出病名。

虽说如此，推测导致自己死亡的病名倒也不是什么愉快的事情。

我认为，一般从概率来讲多为癌症或心脏病，但最高境界或许是寿终正寝，就是那种无疾而终的老寿星形象。但这很难做到。

那有没有更早、更安详的死法呢？

哦，活到现在才祈愿安详的死法也许脸皮太厚了。

那就索性殉情自杀吧。

"某月某日与某某女士殉情自杀而死。"

如果能无所顾忌地登载这种死亡广告，那可真是太酷了。

不过，我也许早已过了那个年纪。

站在病人的立场上

前些天，在爱媛县发生了一起活体肾移植器官买卖事件。

电视和报纸全都做了报道。从电视画面可以看到，那位接受器官移植的当事人山下铃夫头顶蒙着毛毯上了车，那样子就像是什么重大犯人。这样做是不是太过分了？

我想已有很多人知道了这个事件。据报道称，当事人山下铃夫接受了某女性所提供的器官。

说到山下铃夫为什么在此事件中受到罪犯的对待，那是因为他向提供者支付了酬金。其金额为 30 万日元现金和价值 150 万日元的新车，总计近 200 万日元。

但是，如果把山下铃夫当作普通人来看的话，他的做法真有那么恶劣吗？

因为他想得到的是肾脏啊！我虽未曾与其本人见面，

但我知道急需做肾移植的一般都是肾脏病相当严重的晚期病人。

就是这样的病人渴望继续生存下去,苦苦寻找自愿捐献肾脏的人,而且好不容易出现了这样的人。想必寻找过程也不会那么简单顺利,但山下铃夫终于成功地完成了肾移植手术,已经能像健全人一样生活了。因此可以说,多亏那位女性朋友,山下铃夫才捡回了一条命。

山下铃夫给予救命恩人近 200 万日元的钱物,怎么能以此为由像罪犯一样对待他呢?当然,他们的行为确实违反了禁止买卖器官的《器官移植法》。

这项在 1997 年施行的法律,明令禁止向器官提供者赠予作为酬谢的钱物。如有违反,将受到法律严惩。

这项法律在与己无关时听起来似乎很有道理,但我觉得它过于理想化,明确地讲,太愚蠢了。

为什么要这样说呢?因为提供者是把自己的肾脏给予了他人。如果给予的对象是特别喜欢的、最爱的妻子或丈夫则实属应当,但在与对方非亲非故的情况下,谁能如此轻易地将自己的肾脏给予对方呢?与此相同,接受者对于特意做开腹手术切下肾脏给予自己的人,只说一句"谢谢"就可以心安理得了吗?

我并非主张一切必须用金钱来解决,但还是认为应该尽一切可能表示谢意。这不是什么大道理,而是人之常情。

实际上,如果换成是我肾衰严重希望做移植手术救命的话,当然愿意给予捐肾者相应的酬金。而与此相反,如果在我周围有人需要换肾时,我也不会那么痛快地给他。

总而言之,我在危机时刻肯定也会触犯法律。换而言之,我无法保证自己完全能够遵守那项法律。

现如今,急需肾移植并已登记在日本器官移植网络系统中的患者中,据说,其中60%已经持续等待了5年以上,等待了20多年的患者也已达到300人。

不过,患者人数逐年减少是因为有些人等不到换肾就已病逝。

罹患肾病等待肾移植的患者如此之多,可近25年间能等到做手术的却少之又少。

总而言之,由于在日本限制过严,所以去外国做肾移植的病人逐年增多。特别是在20世纪80年代以后,有很多人去外国做手术。做肾移植的大都去中国和菲律宾,也有人去泰国、巴基斯坦和印度等国做手术。

谁都不想去连语言都不通的外国做这种性命攸关的大手术。但尽管如此,他们仍需拿出巨额手术费去换肾。只是因为在日本器官捐献者太少,所以如果不去国外就只能等死。

有时候人类为了生存,会做很多迫不得已的事情。日本刚刚战败时食物极度匮乏,人们为了生存甚至会去黑市卖掉衣服购买粮食。

可以说,那项法律正是健康人用健康大脑想出来的漂亮大道理。然而,严重的肾病患者只靠漂亮话却很难生存下去。

警方、法官、媒体,也包括我们,都应该站在罹患重症的病人的立场上看待此次事件,更加现实地考虑怎样才能延长更多病人的生命。

为什么鱼肉皮朝上

我每次去日式餐馆都会考虑这个问题。

为什么烤鱼块装盘时皮朝上？

明确地讲，这样摆盘品相不好而且不易于食用。在这种情况下大家是怎样食用的呢？

说到我自己的食用方法，当然是先把鱼块翻过来使肉朝上，然后再吃。但是，很多人都会直接从鱼皮开始吃。

前几天，我也和老熟人O君一起直接从鱼皮开始吃盐烤甘鲷，可实在是有些费劲。鱼皮干硬，很难用筷子剥离，稍稍用力就会连鱼肉都弄碎。于是我提议："把烤鱼块翻过来从软肉那边开始吃。"可O君却疑惑地反问："那样做可以吗？"

当然，因为我是顾客，所以自己觉得怎么方便就可以怎么吃。不过，有不少人似乎去高级饭馆次数多了，就会觉得菜品上桌后不能随意翻来翻去。

或许正是由于这个原因，前几天还有人在烤鲑鱼块端上桌时就直接先吃鱼皮了。而鲑鱼皮可是比甘鲷鱼皮还硬得多。

实际上整块的鲑鱼皮又大又结实，阿伊努族人还曾用它做过皮鞋，还会常常因此发生鱼皮鞋被狗叼走这种让人哭笑不得的事情。

总而言之，直接吃这种皮厚的鱼肉需要超难神技。

现在已到吃鳕鱼的季节，盐烤鳕鱼也很鲜香。当然，最好也是将其翻过来先从白肉开始吃。

虽说如此，做好的鱼块为什么皮朝上摆盘呢？

事先声明，这里的鱼块是指烤制或煮制的鱼块，而生鱼片的情况则有所不同。

例如，大竹荚鱼生鱼片有种做法叫"银皮造"，就是要将银色表皮与鲜肉都露出来，欣赏其鲜明对比的情趣。

同样的做法还有鲷鱼的"松皮造"和多宝鱼的"黑皮造"，堪称异曲同工之妙。

确实如此，生鱼片摆盘即使能看到鱼皮也不会有人介意。而且因为切块较小，一起吃下去也没什么妨碍。不仅如此，由于皮肉相连处还有脂肪和甜味，所以味道更加鲜美。

但是，如果把切块较大的烤鱼块皮朝上摆在盘中，不管怎么看都不美观,而且吃起来有些麻烦。

特别是最近,好像什么都时兴皮朝上。前些天我去过一家料理店,连煮南瓜都是皮朝上摆盘。

为什么大家都要这样摆盘上菜呢?此前我问过几家料理店的厨师长,他们都露出疑惑的神情,然后这样回答:"这个……因为前辈都教我们这样做。"也就是说,他们只是按照前辈的指导那样做,并没有什么特别的理由。

"可是,那样摆盘看上去不整洁,而且吃起来也不方便吧?"

听我这样说,对方也勉强地表示赞同:"你说的也是啊!"

据本人愚见,其中缘由肯定是为了辨别鱼的种类。

因为料理店原先上鱼菜时总是完整的一条鱼,例如香鱼、沙丁鱼和雷鱼等。整条鱼做好后把鱼尾立起来摆盘,色香味形俱全令人食欲大振。

实际上日本关西料理中所用鲜鱼个头较小,最大的也就是甘鲷了。不过,后来因为远洋捕捞有了发展,料理店都能用大鱼做菜,切块摆盘也就自然多了起来。

当时,店家为了表明"这鱼块没有掺杂使假,真的是鰤鱼""这是带鱼",就开始把鱼皮朝上摆盘了。

这样推测就能完全解释清楚了。

可能是从江户末期开始,在有数的几家料理店中,某家店的厨师嘴上喊着："哎——上等的鲥鱼刺身来喽。"可端上桌的却是别的鱼肉。

性急的客人边吃边说："这刺身真鲜。"我想象一下他们的样子就觉得特别滑稽。其实，真正爱吃鱼的人只要看到鱼皮就知道，不会上当受骗。

如此这般，讲信用的料理店摆盘时就总是把鱼皮朝上，并向顾客说明："这就是您点的那种鱼，本店从不掺杂使假。"

可是，现如今的厨师们却只是囫囵吞枣地按照前辈传授的做法摆盘上菜而已。不过，我想现如今的料理店都不会做掺杂使假的事情了。如果真有，肯定立刻就会关门大吉。

因此，顾客完全不必过度在意后厨，上桌的鱼块也尽管翻过来吃就行。

"总而言之，自己想怎么吃就怎么吃，没有任何问题。"

听我说这话有人问："我家夫人上菜怎么总是皮朝上呢？"

我想，那位夫人也许没有得到丈夫的信任。

对少年之死的思考

　　福冈县筑前町发生了一起初二男生因受欺凌而自杀的事件。

　　此事件被媒体连日进行报道，并一度成为热门话题。现在，让我们平静下来仔细思考一下少年所处的环境。

　　对于这一事件，迄今为止占压倒性多数的意见认为是校方做得不好。

　　现已查明那位自杀的少年曾受到过相当严重的欺凌。而当媒体把因班主任诱发欺凌的事实公之于众时，立刻引起了轩然大波。

　　身为教师却伙同学生欺凌一个孩子，这是什么行为？教育者绝对不能这样做——谴责的矛头集中指向校方。

　　据说，那位教师因此精神上受到打击并住进了医院。

而且，此前该校校长虽然承认发生过欺凌现象，却敷衍塞责地说："不清楚学校的老师是否与少年自杀有直接联系。"因此，校方受到媒体的强烈谴责。

另外，不仅该县教育委员们显得很无能，其他府县也反复向文部科学省报告近几年因欺凌自杀者为零，行政方面不负责任的态度再次被明显地暴露出来。

自杀学生的父亲等人严厉追究教育各方的责任，而媒体则似乎起到了推波助澜的作用，于是问题就越来越被扩大化了。

以上是到我现在写稿时的状况。但是，对于这个事件只谴责校方是否合适呢？我认为，如果想在查明事件真相的同时思考防止此类事件再次发生的办法，就必须更深刻地分析这个年代的少男少女，以及他们的家庭。

实际上人在年轻时不太怕死，特别是近些年来的孩子们，由于经常玩电子游戏已经看惯了杀人或被杀。好像有的孩子把死看得很轻率，甚至深信不管死多少次都能像电子游戏中那样重启再生。

我当然不是说那位自杀的少年就是这样，可难道那种风潮没有影响到他吗？而且说到周围的成年人们，当孩子被逼到那种地步时都没发现并采取某种必要措施吗？

当然，就算有人曾经提出此类忠告，校方和班主任可能都没予以足够的重视。但即便如此，仍可选择其他办法。例如，让学生休学一段时间或者转学。总而言之，完全没必要固执地认为只有这个学生所就读的学校才是最好的。

这些办法实行起来需要相当大的勇气，但毫无疑问都是胜过轻生的选择。

虽然眼下媒体就像疯了一般猛烈抨击教育界，但明确地讲，我并不认为那样做能使孩子们之间的欺凌行为彻底销声匿迹。

一般来说，孩子有时候会有一种看到弱者就想欺凌的想法。虽说孩子们天真无邪，但也因此而无知和任性，想到什么就直接说什么，想做什么就随意做什么。

正因如此，所以才必须对孩子进行教育。

不过，最基本的教育不是智而是情。与其灌输那些拙劣的知识，莫如培养高尚的情操。

看到美丽的天空和花朵就会产生美感，看到日暮就会伤感，到了夜晚会对黑暗产生恐惧。而且，见到弱者也会同情并鼓起勇气伸出援手。同样还要正视生与死，正确地认识人诞生时的美好和衰老死去时的悲哀。

本来这些都是人类不可或缺、必须养成的情感，但现如今的孩子们却只在电子游戏中接触虚拟的生与死，并没有真情实感。除此之外,更没有充分地了解待人接物的基本礼仪和技能。我认为,将这些缺陷置之不理而只是徒劳地调整教育机构和制度,根本不可能杜绝此类悲剧的发生。

我们不应一味地谴责教师,而是必须仔细分析产生此类教师和导致少年自杀的背景因素,并在此基础上研讨和实施有效的对策。

大都市里的孤独

一周之前，我在某报纸上读到一则短消息，标题是《骚扰110，报假警126次》。

那则报道的内容是，某男子无任何警情却拨打了126次110报警电话。任何人听到这件事可能都会惊讶地说："这家伙的行为太恶劣了！"

事实上，那名男子已被警视厅千住警署逮捕，因其涉嫌谎报警情，妨碍公务。但尽管如此，那男子为什么会做出这种蠢事呢？

据说，那个被警方逮捕的男子名叫Y，46岁，无业，居无定所。从4月开始，他接连拨打110谎称"荒川岸堤上有人被刺伤""我刚刚被人用菜刀捅了肚子"，而每次接警后该警署的警员都不得不出警。

但是，当警员赶到现场时却连个人影都没看到，根本没有任何发案的迹象。于是，警方按照骚扰电话进行侦查，根据电话中频繁出现的"荒川岸堤"在荒川周边进行排查，最终锁定了正在捡空罐的那个男子。

在那之后不久，那男子在最后一次谎报"北千住附近的荒川河面漂着一个人"时，终于被抓捕归案。

另外，据说那男子报假警用的是预付费手机。可他为什么要连续打这么多谎报警情的骚扰电话呢？

据本人供述，原因是"想跟人聊聊天"。

据说，他不仅没有亲属，甚至连朋友都没有。而且，他一直找不到说话的伙伴，孤独感越来越强烈。这时他想到，拨打110不仅不收费用，而且对方肯定会认真地倾听自己诉说。不仅如此，对方还会特别热情周到，有时还会使用敬语跟自己对话。这让他感到十分开心，在尝试多次之后就上瘾了。

这真是一个既愚蠢幼稚又令人难过的故事。

坦率地讲，我读过这则报道后非常惊讶并有些感动。

首先，那男子所说的"想跟人聊聊天"这个原因具有强烈的冲击力，或者说太令人心酸了。

一般来说，任何人都有自己聊天的伙伴。而且，某些人有时甚至会感到伙伴太多而不胜其烦。

可是，那个嫌犯是个46岁的大男人，这么多年却因为单身和没有工作而跟谁都搭不上话。假如这是一位女性的话，哪怕是没有工作甚至长相不敢恭维，也总会有两三个聊天的伙伴吧，而且女性本来就爱聊天，所以至少能有一两个朋友。

可如果是男性，特别是中年以后的男性的话一般来说就非常孤单寂寞。一个无业游民，长得又不是那么一表人才，当然不会有人接近。于是，那名男子对无人交往的现实感到极度焦虑，在绝望之中忽然想到了拨打110报警电话。

这种行为本身确实性质恶劣，但是他能想到110却令人为之动容。我说这话或许会挨骂，但不能不说那男子也算是个非同寻常的创意男。

而且，要想在一定程度上让110接警员信以为真并长时间地对话，还需要有相当大的可信度。

毫无疑问，那男子在拨打电话之前已对案情进行了精心设计。首先设定案发现场，继而设定案情经过，然后煞有介事地描述案发现场的状况。

到了这种地步，不能不说他已接近作家的水平了。

但有一点，他过度使用自己所熟知的地名"荒川"未免太失策。

若将此次事件作为犯罪行为进行分类，或许应该算作"都市型犯罪"。如果当事人在乡村,不管找谁聊天好歹都会应声,熟人也会越来越多。然而在东京这样的大都市里,周围人却都不理睬他,冷漠地匆匆走过。

仔细想想,在大都市里可能还有数不清的、像他这样的孤独者,他们都在忍受着普通人想象不到的孤独。

这正是大都市里的孤独,是大都市里的死角。

那些人每天都在想些什么,盼望什么呢?

前几天,电视里报道了从来无人探望的老人的生活状况。但是,还会有很多更年轻、健康状况良好的人也深陷于孤独感之中吧。有没有为那些人疗愈孤独感的设施呢? 哪怕每天只打一次电话聊聊也行,哪怕只寒暄几句"早上好""你身体好吗?"也行,肯定都能抚慰对方孤独的心灵。

孤独感从任何意义上来说都毫无益处,它折磨人心,而且有时候还是犯罪的原点。像东京这样的大都市,即使是为了预防犯罪也需要设立类似"孤独咨询处"这样的机构。

而且,一定要聘请爱聊天的大妈当咨询员与孤独者交谈。

虽说如此,我本来以为110只是用于报警和求助,却没想到还能抚慰孤独者。

他们实在太辛苦了。

男人是鲑鱼，女人是鳟鱼

上周，在熊本发生了一起一名58岁男子用霰弹枪打伤54岁前妻的伤人事件。这一事件造成包括前妻、赶到现场的警员和急救队员在内的6人受伤。

伤人事件发生后，男子持枪继续固守家中，1小时20分之后，被警方说服走出门来，并被以杀人未遂现行犯逮捕。

记述此次事件的要点：该58岁男子对已分手的妻子恋恋不舍，不顾反对强行将其监禁在自己的操作间里。

但是，当警员赶到，前妻逃出后，他就拿出霰弹枪打伤了前妻和警员等人并负隅顽抗。于是媒体将此作为严重事件进行了报道。明确地讲，这类事件并不在少数。

本来夫妻已经同意分手，但前夫又找到前妻强迫其复婚。

当然，其间前夫还曾进行过各种骚扰，使前妻和孩子深感不安。事实上,那位前妻在今年2月已经离婚,却仍受到该男子的纠缠骚扰,并在事发前一天去最近的警署投诉此事。

在现实生活中,还有很多女性虽然尚未发展到这种地步,却也深受同样的困扰。

实际上,如果只是短期交往的男性则另当别论。可一旦结婚并共同生活过,就不是那么容易赶走了。

虽然对外公开已经分手,但前夫仍会寻找各种理由找上门来赖着不走。例如,想拿回以前用过的物品,需要某些材料,担心孩子的健康等等。

即使前妻自认双方已经分手没有任何关系,但遭到前夫无休无止地纠缠也会精神崩溃。有不少前夫往往抓住这个弱点死皮赖脸地闯进家中,并伺机与前妻再次发生性关系。

前妻一旦遭到这种男人的纠缠,即使已经分手也不敢掉以轻心而惶惶不可终日。

那么,前夫们为什么如此想回到前妻那里去呢?

与此相反,极少会有前妻为回到前夫那里而纠缠不休。虽然不能断定一个都没有,但我确实没听说过前妻逼迫前夫复婚的事例。为什么会存在这一差异呢? 这就要说到男性恋旧的问题了。

一名女歌手在演唱中哀切地唱"这就是女人恋恋不舍的

深情",但这是大错特错的。

女性对自己深爱的男性确实怀有恋恋不舍的深情,可是一旦产生厌恶并决定分手,则绝不会保留丝毫眷恋之情。

女性虽然在下定决心之前会痛苦纠结,可一旦分手就只管朝前走,绝不回头。

而男性则相反,外表看似强悍,其实内心都很脆弱。有的男性自己在外边与移情别恋的女性勾搭,回到家里却呵斥妻子:"我不能跟你这种人住在一起了。"可过一段时间却又返回家中。

总而言之,男性才是真正意义上的恋旧者。

实际上,多数男性都会在手边保留很多与前女友互通的情书,以及寄托思念的物品。而且,他常常会拿出那些书信反复阅读,沉浸在对往事的追忆当中。

而与此相反,女性则会把与前任相关的物品全部毁弃,有人甚至断言连想起他都觉得肮脏。

有很多"我哭着挽住你的手臂,可你却拂袖而去"之类的唱词,这是因为以前很多词作家都是男性。

他们只是将自己心中的眷恋之情任意移植在女性身上并作词演唱而已。

女性绝不会回首眷顾已经分手的男性,而是勇往直前地寻求新的意中人,而男性却会追忆以前的女性并希望回归。

因此,男性即使一度离开了家,大都仍会回到原先的家。虽然离巢出走却终究会返回,由于丈夫的回归率较高,因此若用鱼来比喻就像鲑鱼。与此相反,妻子却像一旦找到与自己的生活相适的湖泊就定居下来的鳟鱼。

在本文开头提到的事件中,那位前妻正像分手后另觅新居的鳟鱼。而当本性未改的鲑鱼执意回归其身边时,悲剧就发生了。换言之,这也可以说是前夫的眷恋与前妻的坚毅态度发生冲突而爆发的事件。

正因如此,此类纠纷今后依然会有增无减。

不过,通过这类事件男性(丈夫)们也应该知道,虽然自己仍旧是鲑鱼,但女性(妻子)已经变成鳟鱼了。

只有男性(丈夫)依旧秉持回归故乡溪流的习性。

正因如此,虽然菊池宽有一部作品叫作《父归》,可迄今为止从未有过名为《母归》的小说。

哦,其实我曾想写一部这样的小说,但因为缺乏真实感而未能动笔。

睡眠力

近来,有些不常会面的人看到我就说:"你精神真好啊。"

我听到这句话当然很高兴。不过,听得多了却让我觉得这样似乎不好,就像在说:"你这么大年纪了应该更显老弱些才对。"

当然,这可能是我自己想得过多。不过,这样想本身也许就是上了年纪的证据。

不管怎样,我听到这话都会含糊其词地回答:"嗯,还行吧……"但实际上我也只能这样回答。

对方接下来就会问"你有什么秘诀?"之类的问题。

明确地讲,我根本没有什么健康秘诀,只是一天天地过,不觉之间就活到了今天而已。

但是,这样说不免有些敷衍冷淡,于是我就先回答一点:

"好好睡觉。"

"哦……"对方半感慨半失望地点点头。不过,坦白地讲,我只能想到这一点。

这个道理很简单,睡觉可以消除身体疲劳,头脑也会变清醒,全身都感觉轻松,毫无疑问有利于健康。如果再加两点就是,睡眠不仅可以改善血液循环,而且还能提高免疫力。

总而言之,一般来说,无论遇到什么事情,只要感觉良好就对身体好;反之,只要感觉不好就对身体不好。或许有人认为这是理所当然的事情,但正是因为理所当然才十分重要。

所幸我的睡眠很好。在家中自不必说,就连在车里,在飞机上,只要我想"在这儿睡会儿吧"就能很快睡着。

有人说:"那是因为你没有什么可担心的事情。"我说:"不管有没有担心的事情我都能睡着。"

前些天我累得够呛,可是晚上6点钟还得去参加聚会。从涩谷的工作室到会场有40分钟车程。

我想在车里睡会儿觉,就靠在椅背上闭上眼睛,美美地睡了半个小时。因此,在晚会上又有人对我说:"你精神真好啊。"

这时我不能说:"因为我在车里睡觉了。"所以,我只能含糊其词地回答:"嗯,还行吧。"

当然,我常常在打完高尔夫球的归途中睡觉,而且是在发车后不久就睡着了,然后在到家前五六分钟准时醒来。

同行的人对我醒来的时机如此恰到好处颇为惊讶,但我并没有预先设定几点钟醒来。可能是在大脑中输入了程序,所以在快到目的地时就自然醒来了。

我在写稿时也是一样,当我觉得"不行了,困得写不下去了"时,立刻把头伏在稿纸上睡着。过半个小时后猛然醒来,头脑就变得十分清醒。

有时我额头上还会沾染上铅笔印。

由于我入睡和醒来都掌控自如,所以长期以来真是获益良多。实际上,如果不能保证合理的睡眠,我就很难完成各种聚会、演讲会、专访、业务商洽以及按时交稿。

据说,睡眠不好的人常常上床两个小时都睡不着觉,而且早起一个小时之后还懵懵懂懂头脑不清醒。

那些人与我相比,每天大脑有效工作的时间相差 3 个小时。如果按 1 个月 30 天来计算就是 90 个小时,1 年就是 1080 个小时,10 年就是 10800 个小时,30 年就是 32400 个小时的差异。

总而言之,我因此获益颇多而心怀感激之情,并认为这才是我最大的才能。

这种随时能入睡随时能醒来的能力,来源于我与生俱来的迟钝性格。不过,也有少量的训练。

那是在我刚刚当上医师的时候,为了完成学位论文,必须进行一项每隔两小时给狗注射的实验。

如果是在白天倒也罢了,但在夜里持续实验却相当辛苦。由于到了深夜仍需每两小时起来一次,所以别人几乎都会熬夜打麻将,并按时给狗注射。

但是,由于这样做会严重影响第二天的工作,所以我没有熬夜,而是进行了每两小时醒来一次的训练。

为此我先使用闹钟,并且憋着尿睡觉,靠尿意迫使自己醒来。因此,我曾多次梦见厕所里满员的情景。

虽然在训练初期相当难受,但反复多次之后,我终于掌握了随机深睡两小时的方法。

实际上,作为外科医生必须在这方面训练有素。如果在急症患者到来时不能立刻醒来并进行适当处置,就没有资格值夜班了。

虽然我后来当了作家,但当医生时期所进行的训练也确实对我帮助很大。

"随时能睡,随时能醒和睡眠高质量",我将这种能力命名为"睡眠力"。而且,我之所以能够从不遗漏地写稿至今,全都归功于这种能力。

睡不着觉的人

我在上篇文章中写了有关睡眠的内容之后,收到一位长年因失眠而深受困扰的读者的来信。

寄信人大概 50 多岁,信中说他很羡慕我这样能够很快入睡的人。虽然这话让我感到有些过意不去,但像他这样被失眠困扰的人也许相当多。

与睡眠时间长短相比,更令人痛苦的是想睡觉时睡不着。这种状态长期持续就叫失眠症。

失眠症还可分为上床后很难睡着、夜间多次醒来以及清晨醒来过早这三种。

有时候,这些症状还会随着年龄增长逐渐加重。

其中比较多的症状就是在晚上进入卧室后会产生焦虑,担心晚上会睡不着,于是情绪开始烦躁起来,而且会对屋内的状况也变得神经质,例如对被褥和枕头的位置、硬度以及钟表的微弱响声等,因此影响了睡眠。

由此带来的疲劳感逐渐积累,与此同时情绪也会消沉,易受隐约的不安情绪困扰。

以前常用的治疗药物主要是各种安眠药,但这些药因为都容易产生依赖性和抗药性而失效。

幸好我没用过这类药物。去咨询做医师的朋友,朋友说,由于患失眠症的人体质不同,所以也会成为导致治疗困难的原因。

迄今为止,在我所知道的几位失眠症患者中,最严重或者说最厉害的就是有马赖义先生。

有马先生曾在1954年获得过直木文学奖。他以推理小说《四万人的目击者》等作品掀起热潮。

有马先生虽然出身高贵,却生得高挑飘逸、性格豪爽。

我与先生相识是在我离开札幌后不久。当时先生主办"石之会",我也应邀加入。

该会每月活动一次,有二三十名当时30岁到40岁的所谓新人作家聚集在有马家公馆边喝酒边聊天。

该会的成员中还有早乙女贡、高井有一、五木宽之、萩原叶子、色川武大、北原亚以子等人。

不知出于什么缘由，我受到有马先生的垂青，还曾陪先生同去出席演讲会。先生因患失眠症而常服用安眠药。特别是在旅馆投宿的早上，先生会把那些药片放在碟子里，然后与咖啡一起服下。这就是早餐。

先生的身体因此而异常消瘦，总是轻飘飘地左摇右晃。先生的演讲二三十分钟就结束了，随后就对我说："你替我多说会儿。"这令我顿时惊慌失措。

先生到了晚年仍在酒席间服用安眠药，我曾劝说先生："先生，是不是该稍稍控制一下？"先生立刻摇摇头，说："这可是我的乐趣呀！"说完，那张留着山羊胡的长脸露出了意味深长的微笑。

因为当时我正在写稿，而且每周要在平民区的医院工作三天，所以先生委托我："弄些安眠药。"

我不可能拒绝，就悄悄弄来给了先生，可先生后来又多次说："我还想要。"这时我感到事态严重了，于是找来颜色和形状都跟安眠药一样的胃药给了先生，并告诉他说："这是新研制的安眠药。"

先生高兴得不得了，好像很快就服用了。于是我问先生："那药怎么样？"先生满意地笑着说："效果很好呀！"

后来我想，说不定服用安眠药对于先生来说就是睡前的一种仪式。

另外，有马先生当时跟川端康成先生是安眠药友。两人经常打电话交换信息："那家药店最多给卖这么多片哟。"

后来，川端先生在逗子市的港湾公寓里用煤气管自杀了，而有马先生在一个月后也想采用同样的方式自杀。

不过，有马先生是在自家宽阔的大房间里，多亏周围有缝隙而得以挽救（这是有马夫人的话）。先生虽然后来身体恢复了，但从那以后再也不写书稿，"石之会"也解散了。

此后又过了8年，有马先生去世了。在其豪宅的庭院一角，发现了数不清的安眠药空药瓶。

我居然从失眠症说到了有马先生的往事，但都是那个独具个性作家辈出时代的回忆，令人深切怀念。

何谓流行作家

经常会发生稀奇古怪的事情。虽说如此,倒也不是十分严重。

最近发生的怪事是来自目黑区警署的电话。

某位女性投诉说,她每天都会收到从我这里发给她的骚扰短信,至今已多达 300 条,要求警方采取相应措施。

目黑区警署向我询问此事是否属实,我当然不可能做出如此愚蠢透顶的事情。

我感觉可能是投诉者脑子有问题,于是回答警署:"一定是搞错了。"警署对此也表示了理解。不过,这种情况并非仅此一件。

在大概一年以前,从世田谷警署打来电话,说:"有个自称是你儿子的男子来到警署,您认识他吗?"

既然是孩子,那他多大年龄呢? 我问了一下,警方回答说:"55 岁。"

以此推算,他应该是在我 10 多岁时出生的孩子。没有的事儿! 或者说根本不可能!

尽管如此,那男子仍然说:"我是渡边淳一的儿子。"

我问警署:"那男子是不是脑子有问题?" 警署回答:"确实有那种感觉。"

被一个 55 岁的大男人称作父亲,让我情何以堪? 而且,应对那男子的警察也是够辛苦的。

这些都算是比较夸张的怪事。除此之外,还会经常发生一些不大不小的埋怨和骚扰。

其中,询问"你是不是把我的事情写进小说了"的人较多。

"那部小说里的主人公跟我一模一样,你是找谁打听过吗?"

但是,只靠找人打听根本写不了小说。特别是有关男女情爱的小说,如果没有现实生活作支撑,根本无法保证真情实感。

还有一类较为多见的是找碴儿:"你是不是在我家装了窃听器?"

我写一部小说用得着干那种事情吗?

如果到了这种地步，那就成了一种被害妄想症了。既然说出那种话来，可能表明小说的情节已经像读者自己的经历一样入魂入心了。若真如此，未必不可说是件开心的事情。但是，也不能否认这事确实有些不正常。

此外，在众多读者的来信中，有时会出现异常细小的字体，而且写得密密麻麻。由于字写得太小，我甚至想用放大镜来看。不过，关键词语倒还算清楚。

这是毛病，还是爱好？在读信的过程中，我似乎能感受到写信人的偏执，并产生了恐惧。

与此相反，还有人字写得又大又乱。其内容就像本人的日记，有时还会写到去过哪里，吃过什么东西，简直是杂乱无章。文中还画着从上到下、从左到右带着箭头的连线，时而还会插入樱桃小丸子形状的图案。

只是顺着这种奇妙的连线看下去，我就觉得脑袋也不对劲了，只好把信丢开。

除此之外，最令我感到惊讶的事情是在近20年前，突然有位女性到访我在涩谷的事务所。

她年龄大概50岁，倒也算不上美貌出众。因为她说是我的粉丝，我就暂且把她让进了客厅。可她却坐在沙发上一言不发。

我觉得有些奇怪，就问她："你有什么事儿吗？"可她只是微微一笑。

我又说："我现在正忙着呢。"她还是纹丝不动。

我无可奈何，只好问她："你为什么来这儿？"这时她终于开口道："哎呀，不是先生您叫我来的吗？"

"哪里呀？我没叫你来呀！"我稍稍严厉地说道。她斜眼顾盼地望着我，说道："你明明用心灵感应叫我来的嘛！"

这真是叫我又惊讶又瘆得慌，于是明确地要求她："请你回去。"可她还是一动不动。

正在这时，恰巧来了一位编辑，我就用眼神示意，让那位编辑把她从沙发上拽起来，硬是用尽全力把她拉到了房门口。

这时她喊了起来："不要！我不回去！"

我和这位编辑两人一起把她拖到门口并打开门向外推，可她却紧紧地抓住我的毛衣袖口不放。

我们两人继续向外推她，只听"呀——"的一声尖叫，我的毛衣被撕破，她就拿着我的毛衣袖子跑到走廊上去了。

入侵者总算被击退，我终于松了一口气。可我的毛衣却悲惨地失去了袖子。

那位女子其后又来过几次，就在门外等候数小时不走。我没有别的办法，只好向涩谷区警署报案，请警方把她带走了。

但是，她只受到轻微训诫就被释放了出来，并继续前来骚扰，最后据说进了精神病医院。

尽管如此，我还是心有余悸。

我曾将此事告诉过当时还精神矍铄的丹羽文雄先生，先生轻松地笑着对我说："哎，要是没有一两个那样的女人，你就算不上流行作家喽！"

或许作家也必须拥有那种与众不同的粉丝。

为何在讨伐之日下雪

常听人说"日历上早就立秋了……""再过不久日历上就小寒了……"等等。

听到这话或许有人会产生疑问：日历与实际气候有差异吗？没错！有差异。

很多人以为日历与实际气候的差异来自阴历与阳历的差异，那么说到差异具体有多少却是相当复杂的。

先说阳历，这是现在世界各国广泛使用的历法，具体来讲，就是将地球绕太阳公转一圈的时间定为一年，将此作为全部时间的单位。

日本从1873年开始采用阳历，而此前用的是阴历。

由于明治政府较早地实施了这项变更，从那以后日本在诸多方面都能与其他欧洲各国更方便地进行交往了。

如果日本依旧使用阴历的话——想到这里我心里就会产生莫名的恐惧。例如在接到"12月10日布什总统来访"的通知时,日方就必须换算成阴历。

　　以此类推,如果所有的事情都要换算一遍的话,在国际交往中有可能会发生各种失误。

　　不过,日本的邻居中国目前还保留着阴历,日本历史上就曾引进并使用过中国的历法。

　　阴历以月亮圆缺为参照来计算天数。

　　这种历法的特点就是可以参照月亮圆缺来计算日期。

　　我写的这些似乎有些复杂。而除了日历之外还有二十四节气,其划分源于中国黄河流域。

　　本文开头所列举的"日历上早就……"的说法,就是来自这些节气与日本气候的差异。

　　例如,尽管节气上说"立春"是2月4日,但此时在日本却是寒冷如冬,没有丝毫春意。

　　不过,正因为节气本身具有其特殊意义,所以仍旧沿用至今。

　　如此这般,尽管我们完全明白某些历法与实际存在着相当大的偏差,但说到史实故事还是会感到有些麻烦。

　　例如在"忠臣藏"中,义士们发起讨伐行动是在十二月十四日。

因此，每年一到这个日子就会谈论"忠臣藏"的话题。而且还有同名电视剧。

此外，由于讨伐那天下了雪，所以还有表现义士们在白雪皑皑的路上行进的场面。但是，十二月十四日那天东京很少下雪。

不过，因为这里用的是阴历，与如今的阳历大约差了一个半月。

到了这个时候，东京下雪的可能性确实比较大，倒也令人信服。因此我想，干脆把《忠臣藏》的影视剧也改在相对应的阳历日期放映怎么样？

这时，我又想起了那个"二·二六事件"。在昭和十一年（1936年）二月二十六日，当时的青年军官发动兵变袭击了多名政府重臣。此时的东京天降鹅毛大雪。

这是理所当然的事情。因为当时已经采用阳历计算日期，所以不会阴差阳错。

轻松文化

从前天到昨天,我去了一趟松山。

虽然此行与此文所写内容毫无关联,但因为这次是偶然乘机往返,所以对普通乘客上下飞机时的态度有所关注。

当乘客进入飞机舱门时,乘务员会笑脸相迎地说:"欢迎。"而在走出飞机舱门时,乘务员和机场工作人员都会点头说:"谢谢。"这样亲切的态度在全世界也属一流,但乘客的态度却似乎有些冷淡。

如果大多数乘客都点头致意就算相当不错了,可他们都是哼一声或大摇大摆地走出去。在这种场合,乘客或许确实是所谓的上帝。但是,那种态度是不是太冷淡了?

在外国航班中,当乘务员等人笑脸相迎时,几乎所有的乘客都会微笑着回应说:"谢谢。"

但是，在日本却不会有乘客向乘务员说："谢谢。"不仅如此，他们往往都会一声不吭，好像在这里露出笑脸有失自己的身价。

偶然会有像是初次乘机的老婆婆说声"谢谢"，可那反倒让人感到有些异常，而冷淡却成了正常现象。

不过，说到我自己，当对方的视线明确朝向我并表示欢迎时，我也都会轻轻点头并举手回应："你好。"

当然，对于只是机械地点点头的女性，我有时什么都不说。我之所以写这样的内容，是因为我以前就认为日本人之间缺少互致问候的习惯。

更具体一些说，就是虽然在相识的人之间都会笑容可掬地频繁点头致意，但在见到陌生人时却立刻变脸，十分冷淡。

总体来讲，日本人对陌生人几乎不会轻松寒暄和搭话。

但是，在欧美，素不相识的人们也会轻松地交谈并轻松地道别。

他们似乎都认为，人与人相遇时先打招呼问候是理所当然的礼节。

这才是真正的国际性。那么，能够轻松地做到这一点的诀窍是什么呢？其要点就是——不要想得太多。简单明了地讲，就是"不要太往心里去"。

但是，日本人总体上来讲都是想得太多，总想认真地、实心实意地与人交谈。所以才做不到轻松交流。

在男女交往中，或许也很需要这种轻松文化。

例如在机舱或车厢里偶然坐在一起的男女，如果双方在几个小时的旅途中一言不发就太不自然了。

特别是男性，明明意识到邻座是女性，却只是斜眼瞟来瞟去，一言不发，不时地吭吭干咳。而邻座的女性也会心里嘀咕"这位大叔好像心神不定"，而且自己也忐忑不安。

在这种时候，男性可以先朝窗外看看，随即简单地说几句"天气不错啊""您这是去哪儿呀？"之类。在欣赏片刻外面的风景之后，开始读书并进入自己的世界。

这种适时而退的做法相当重要，可有些大叔一旦开始搭话就没完没了。这样做只会使女性心生厌恶，不胜其烦。

在这种场合不如只简单地交谈两三句，然后保持沉默。这样做能使女性消除不安。有时女性还会因为男性并未喋喋不休而预想落空，未必不会主动搭话。

总而言之，轻松地接近并轻松地退离，欧美人特别擅长这种进退得体的技巧。在过去的爱情电影中，就常有源自这种轻松搭话的浪漫故事。

不过，轻松搭话却出乎意料地难以掌握。虽然心里想轻松搭话,但实际做起来却容易越说越多,气氛也会变得沉重起来。在这种时候,权且将搭话当作一种游戏。这样说或许不太合适,反正就是顶多当成礼节性的对话适可而止。

这样搭话有意义吗?虽然可能有人心生疑问,但有话总比没话强。例如,当陌生男女有事相商需要会面时,轻松地说些赞美的话语或许效果最佳。

如果你发现对方长得比较漂亮,就可以轻松地说一句:"能见到你这样漂亮的女士我感到很幸运。"

不过,并非所有的人都是美女,那也可以夸奖对方的发型。如果发型也不敢恭维的话就夸奖对方的服装和首饰,再不行就是包包或鞋子。至少要找到一种并表示赞赏。

不过,这也有个适度的问题,过度称赞倒可能引起反感。

不必走心的轻松文化比厚重文化更考验人的语言修养。

岁暮

2006 年也即将结束。虽然此话稀松平常,但今年的月历确实已经翻到最后一页。

在日本,12 月有个别称叫"师走"或"极月"。而一年将尽之时既可称为年末,亦可称为岁暮。自古以来,12 月就是令人感慨万千的月份。

在各种称谓中,"师走"正像人们常讲的那样,源自"连师父都忙得一路小跑"的情景。不过,准确地讲,"师"指的应该是僧侣。

确实如此,那时还没有学校而是"寺子屋"①,好像就是由和尚担任教师。实际上,比起教师,和尚一路小跑的身影既滑稽又更有岁暮的气氛。

①私塾。

不过，我想说的是，今年确实是老师们疲于奔命的一年。

孩子们层出不穷的欺凌事件和自杀事件令老师们忙得焦头烂额。我希望明年能成为让老师们也能"师休"的一年。

另外，"极月"这个词令人感到年关将至，有种逼近极端的紧迫感。

在吟咏岁暮的诗词中，我比较喜欢野村泊月的这首俳句：

出游几多时，不知夫君何日归，岁暮悄然回。

这首俳句说的是丈夫外出云游四方迟迟不归，留守的妻子心想：没必要为那种男人牵肠挂肚，他爱去哪儿就去哪儿，随他的便。可就在妻子准备过年时，丈夫却悄然返回，就坐在房间里面。

毕竟时至岁暮大家都在忙年，所以不管去哪儿都没人招呼这种"风太郎"吧？我们似乎能清楚地看到妻子既生气又惊喜的表情。

因此，从这首俳句中还能看到一线希望。虽然妻子觉得丈夫太不成器，但还是有心接纳他。

如果再向前发展一步，即使是夫君也会被赶出家门。

为了避免落到这种下场，年终岁末最好早早回家。

今年岁暮的热门话题,就是棒球选手松坂大辅。

据某周刊杂志报道,在今年最活跃的体育运动选手中,松坂大辅以绝对优势占据首位。

虽说如此,媒体却炒作过度了。

在电视中清一色地报道松坂大辅。我都觉得可能有不少观众看得腻烦,早就逃到卫视频道去了。

其实大不了就是一名棒球选手的年薪而已,局外人不管怎样吵闹都得不到半毛钱的好处,越是吵闹得凶就越是凸显唯利是图的卑劣。

当时公开的松坂选手的年收入大约为 10 亿日元。就算他是个超能投球手,可同龄的健全男子即使拼命工作,年薪也就在 300 万日元上下。

松坂选手的年薪相当于普通人的 300 倍以上。同样是人,收入差距如此之大合适吗?

现如今收入差距持续扩大,虽说社会上分出成功组与失败组实属必然,但同样勤恳工作的人收入却相差百倍以上,不满情绪高涨或许有那么一天就会发生暴动。

不仅如此,人们毫无疑问会对以美国为中心的资本主义社会感到失望。

此外,还有一个人把媒体搞得沸沸扬扬,也不知是美化了岁暮还是丑化了岁暮。此人就是石原真理子小姐。此人也曾多次在电视上亮相，但坦白地讲，我一看到她就心里难受。

人们没有忘记她曾经青春靓丽、人气颇高，这一点我也能理解。这是自然而然的事情。

我对着电视画面不禁说了声"真傻"，但说实话我同时也觉得她很可怜。

她这次推出了一本告白书，可能是希望引起众人关注再当女优。

靠这种做法根本不可能重返演艺界。而且说不定还是致命之举。难道就没有哪个经纪人向她提出适当的忠告吗？

不管怎么说，一个曾经才貌超群的女优在"师走"月的忙乱中匆匆跑过，时近岁暮。

最后奉呈拙诗一首：

旧岁将逝去，微倾皓首心惊疑，此生未到期？

含蓄为美

恭贺新年!

或许有的读者会感到奇怪:"都什么时候了还拜年?"其实,我写这篇文稿是在 2007 年 1 月 5 日。

今天,虽然很多日本的公司新年首日开工,但想必大家依然沉浸在过年的气氛当中,所以敬请见谅。

新年伊始,喜气洋洋,正是因为新春到来,我才想写一写自己对裸照的思考。

近来坊间流行"裸照,杀亲,杀子"。这样说似有不妥,但比起后两者,裸照从很久以前就流行于背街小巷。特别是在一般杂志里面,甚至某些偶像写真集中都裸照泛滥,实在令人大倒胃口。

这恐怕不只是我一个人,而是大家的共识。那么,裸照为什么失去魅力了呢?

其最大的原因就是爱穿大胆暴露服装的女性逐年增多,所谓的裸露肌肤已经不那么稀罕了。

传说久米仙人在天上高飞时,看到河边洗衣女白皙的小腿后顿失神通之力而坠地。现如今要是还有仙人的话,肯定会像雨点般密集空降。

再加上卷首彩页裸照和写真集也在坊间泛滥,裸照也就相对掉价了。

这方面的供需关系也存在着持续不断的变化。在二战后不久一听说哪种杂志刊载了裸照,大家都贪婪地前往抢购,而现如今已经用不着急火火地四处求购了。

另外,裸胸自不必多说,很多人连体毛都看到过,所以再看见普通裸照也就不会大惊小怪了。

那么,什么样的裸照会引人趋之若鹜呢? 这才是那类杂志的编辑和摄影师大显身手的空间。不过,明确地讲,我看不到什么具有震撼力的作品。

现如今的裸照乏善可陈,另外一个原因就是摄影师过度凸显敏感部位。

初期的裸照从丰乳发展到体毛,裸露尺度逐年增大。但与此同时,读者也开始厌倦了。

实际上,丰乳见得多了,也会感到像是被迫观看傻大鼓胀的肉团,不会引起多大兴致。不仅如此,有时还会显得畸形瘆人。

再说到体毛,那种体毛乌黑浓密的裸照泛滥也会使人厌腻。总而言之,这类裸照也已经看腻。

不知是否因为这个缘故,近来特别流行身材匀称、长相可爱的少女裸照。

那种照片确实独具特色、漂亮可爱,但是并不耐看,因为她们像是为了炫耀而脱得过多。

像这种裸照往往会令人厌腻。特别是那种双手做出剪刀状、喜笑颜开的裸照,既不妩媚也不动人。

我看到这种裸照只想说——请拿回去吧!

除此之外,更令人扫兴的是表演过度的裸照。例如从头到内衣裤都洒满水花,弄得浑身湿淋淋的那种裸照,还有站在楼顶或卧在礁石上的裸照。

我总觉得完全没必要去那种危险场所比如崖顶脱衣裸身。那就是明显的表演过度。

总而言之,只要明显看得出是摆拍就免不了令人扫兴。

那怎么做才好呢?此时我想到,在这种时候是不是应该回归自然体态呢?

例如不经意地露出胸乳和体毛。当然,此时模特的表情必须自然地透出慌乱和害羞的神色。

模特此时应该说:"我是模特,如果不能那样做,那就失去做模特的资格了。"

因为模特不是只限于某些局部造型,有时候是全身整体的造型。

我要再次强调,即使是裸照模特,表情也十分重要,应该是楚楚动人并略显惶惑窘促的神态。

说到这里,我觉得"楚楚"这个词已经很久没听到过了。

这个词在"现代女性无论做何事都要向前看,要大胆地往前走"的激励下已被人们忘却,然而这才是妩媚动人的原点。

总而言之,所谓妩媚应该是高雅端庄的女性心旌摇曳时流露的神态,而原本并不高雅端庄的女性即使心旌摇曳,也不会有什么妩媚的感觉。

我认为,现如今的裸照乏善可陈就是因为缺乏这种妩媚的感觉。

虽说如此,从某种意义上来讲,那些活力四射,只会呈现某些局部的裸照小姐也挺悲哀。

尽管号称"大胆裸照",可那些模特却只是脱衣裸身而已,既无艺术性,亦无思想性。因此,她们很快就会被满大街翘首等待的脱衣后备军取代并被人们忘却。

因此可以说，那些只要脱衣裸身就能登上卷首彩页的年轻女性是一种貌似令人羡慕实则可悲的存在。

日本的中世纪有位剧作家名叫世阿弥。在他的著作《风姿花传》中有句名言，曰："藏而不露者为美，露而不藏者非美。"这就是说，欲藏还露之时方为极妙妩媚。

我特别期待看到这种欲露还羞的裸照。

原作与电影之间

东宝院线所属电影院从上个星期六开始公映《爱的流放地》。

我过去很少谈及以自己的原作改编的电影,但这次想稍做点评。

此前就有很多以我的原作改编的电影。但坦白地讲,能让我完全接受的并不太多。

虽然我也知道影像有影像的世界,与文字的世界有所不同,但我仍然常常感到不满意,希望能够进一步深入而准确地表现主题。

因此,我清醒地认识到,自己的小说被改编成电影就等于把亲生孩子送到影像世界去当养子。而孩子将来会怎样,则全看对方如何培育了。

其实这样做相当轻松，不会有太大的精神压力。

不过，这次的《爱的流放地》却与以往不同。

明确地讲，在此前被改编的作品中，这部作品算是最好地表现了原作的主题，完成度也相当高。

这当然是编剧兼制作人鹤桥康夫导演的功绩，同时也是主演丰川悦司君和寺岛忍等各位演职人员以及幕后各位支持的结果。

在将小说改编成电影时，并不是完全照搬原作。非但如此，实际上与原作相比，电影往往都会有相当大的变化。

这次也是一样。这个变化看上去似乎与原作不符，但这样却能使观众很容易理解原作的主题，表现得更加直截了当。

影片中菊治误杀了冬香。不过，此时二人的身体位置与原作中是不同的。

这是一个相当大的改动。因为导演希望用特写镜头强烈地表现冬香气绝身亡时的面部情态，所以做出了这样的更改。

如此这般，从真实感方面来讲，小说的描写较为确切。但是，在拍电影时为了优先表现强烈的视觉效果，就做出了相应的调整。

此外，在原作中，冬香所穿的一些衣服与在电影中所穿的衣服是有一些不同的。这也是考虑到影像的视觉效果而做出的改动。

而且,在原作中是菊治的儿子出场前往拘留所,而在电影中则改成女儿去探视。另外,原作中没有出现冬香的母亲,而在电影中则由富司纯子女士出演这个角色。由此实现了母女同台演出,对于增添相关话题也很有帮助。这位富司女士的演技果然精湛非凡。

女儿要去会见偷偷相爱的男子,母亲虽然痛切地感到危险和忧虑,但还是默默无语地送女儿出门。

当我看到这个场面时禁不住热泪盈眶。

我不知道看过原作的读者有没有感觉到,这并不是一个明确的由A与B进行对决的、浅显易懂的故事。

这个故事想要描写的是——潜藏于人体内部的精神和肉体同时膨胀燃烧的,应该称之为情欲与伦理等理性认识之间的对抗。

说到这部电影所表现的矛盾冲突,那就是原本潜藏于人的内部的情欲与对其进行抑制的理智之间发生的纠葛,以及男女愉悦深度的差异。

这与近来常见的与绝症做斗争的题材和由于战争等外部因素造成离散的男女悲欢离合的通俗题材都不一样。

因个人内心的情与智的分裂和相克而悲泣。是的,情不自禁怆然而泣才是我所希望得到的结果,也正是我想表现的状态。

当然,几乎所有的人虽然被情与智的矛盾困扰,却不会去做冬香与菊治那样的事情。事实上,这部作品中的男女主人公也并非纵意而为。

不过,可能也有人心中隐藏着或许能成为冬香或菊治的念头,既热切又暧昧。

但愿我的小说和改编电影所发出的利箭能射中人们心中那点隐秘。

当然,观众会因为自己的人生体验,特别是爱的体验的深浅产生多种多样的感想。其中有很多女性表示"真想体验炽烈的热恋",这确实令我欣喜不已。

是的,现如今最缺乏的就是体验这种炽烈热恋的动力。

为了不当事后诸葛亮

今年年初，由日本航空主办的第一届海外生活征文大赛的结果公布了。

我偶然地担任了大赛的评委，看到了很多富有启发性和独具特色的作品。

在香港地区发行的《朝日新闻》国际版也予以登载，我觉得有些内容能够引起生活在国内的日本人的深思，就想在这里略做介绍。

首先，中小学生组获得最优秀奖的是小学六年级学生江原望的《就像在上海买东西那样》。

江原小朋友旅居上海，他在那里会把买到的商品夸张地称作"战利品"。

其原因是，在那里买东西时激烈地讨价还价是常事。例如,"这个多少钱?""一百二。""太贵太贵,卖五十吧?""不行不行,八十。"

因此,在上海买东西时,重要的不是货主的东西要卖多少钱,而是顾客主张自己要花多少钱来买。

他刚到那里时,感到在中国购物太麻烦。但是过了一段时间,他的想法就发生了变化。

他明白了在那里最重要的是向对方表明"自己想怎么做",并越来越羡慕那种生活方式了。这也是因为,在日本时总是要先考虑对方的感受和周围的气氛,往往不能直截了当地表明自己的想法,到头来却发现自己只是个表面上的"乖乖娃"而已。

日本社会的传统教育注重"以心传心"和"察言观色",但在中国居住期间,他就开始考虑要将以前的自己稍加改变。

他认为,即使偶尔与父母或朋友发生争执,也要像在上海买东西那样直率地表明自己的想法。这是因为,努力让对方理解自己十分重要。

江原小朋友的文章大概就是这样的内容,他把在异国接触到的当地文化坦率地、从积极意义上进行阐述,具有相当强的说服力。

另外,再介绍一篇获得普通组优秀奖的征文《要不要放进信封?》,作者是小林妙子女士。

小林女士住在中国香港,向香港人教授日语。此前有位女学员第一次把装入信封的课时费交给她,并说出了自己的困惑:

　　"我先生告诉我,在日本影视剧中看到日本人总是把钱装在信封中交给对方。于是我就去找信封。但是,我不知道印有公司名称或用过的信封是否还能使用,所以不知如何是好。到底应该怎么做呢?"

　　如此说来,此前学员们都是当面数钱并直接交给她,有时还得找零,相当麻烦。

　　但是,在日本人们会把所需金额仔细地装入信封后交给对方。因为如果不加任何包装的话,就会显得过于露骨而有失礼节。

　　小林女士又说,当我这样解释之后,学员又问:"可是,如果收到的信封是空的该怎么办呢?""还有,不当面点清钱数能行吗?"

　　可是,当着对方的面一张张地点钱也实在太不好意思了,而且她还想去日本留学,所以小林女士告诉她那是日本人的习惯。

　　这时,女学员又说:"可是,钱这个东西必须明算账啊。"好像还是难以接受。

于是，小林女士说："那下次就不必装信封了。"而女学员又说："既然日本人这样做，我也要这样做。不过，请你下周把这个信封还给我，因为下个月还要用呢。"

征文的最后以"可爱的学员，可爱的香港。如有可能，我要在这里教一辈子日语"结尾。

这两篇征文都以异国生活的真情实感为基础，轻松自然却又尖锐地触及了日本文化的特殊性和问题点。

虽然这些做法在日本都被认为是常识，但在异国却被认为不可思议和难以理解。

而且，这些日本特有的风俗也许在以东京为中心的文化圈尤为突显。

实际上，即使是在日本国内，我觉得至少大阪会有所不同。在关西地区，这里的人们都会努力明确地表达自己的想法，观念也较为现实，似乎与上海和香港稍近一些。

但是，现如今在东京和大多数地方还色彩浓厚地保留着硬撑门面的清高文化。

不管怎么说，只靠日本式约定俗成的感觉，在全世界肯定是行不通的。

说到这里，我想起一件事，以前曾有个文化人接受邀请去演讲，可过后一看出场费就生气地说："太少了。"因为他事先没有确认出场费，所以事后也无可奈何。他说不好意思开口就谈出场费。

　　而说到我自己，有一次也是直接把信封拿回家，打开一数却少了一万日元。当然，此时只能当事后诸葛亮了。

问问自己的身体

最近，到处都在谈论"吃纳豆瘦身是假信息"的话题。由于这个原因，电视节目《发现！确有其事大百科》所属的关西电视台受到了一定的惩罚。

不过，虽然我觉得事已至此只能说是理所当然的结果。可难道这都是电视节目的错吗？

当我在这里稍稍驻足审视那些流传于坊间的蒙人信息时，发现其核心内容只有一点——"吃纳豆能瘦身"。

此外再加上学者等发表的意见和数据，也只是从表面上看煞有介事而已。

可能有不少人说就是因此而上当受骗，不过我觉得这样下结论未免过于简单。

因为我注意到，迄今为止并未有人说自己因为吃了纳豆而成功瘦身的。

再说,所谓的瘦身究竟是什么?仔细分析就自然会明白,这种说法值得怀疑。

一般来说,所谓瘦身是指人体消耗的热量大于摄入的热量。这是一般人都明白的基础性常识。

简而言之,就是输出大于输入。为了达到这个目的,或者少进食,或者多运动,除此之外别无他法。其依据就是运动量特别大的马拉松等运动员,以及刚刚做过大手术还不能进食的患者,他们一般都非常瘦。

与之相反,那些身体肥胖的人就是吃得多运动得少。例如中年的大叔大妈们就是最恰当的证明。

大家都明白这种理所当然的事情,可为什么还要对纳豆趋之若鹜呢?

虽然不难理解大家都想轻松瘦身的愿望,可如果忘记了瘦身的基本原理,一切都将变得毫无意义。

电视台制作那种造假节目确实性质恶劣,但有些人轻易上当受骗却是因为不用自己的脑袋仔细想想吃的是什么东西。

人们做任何事情都只图方便,总想轻松省事。所以,只要看到某种商品煞有介事的说明就不假思索地猛扑过去。

从这个意义上讲，现如今真是一个在饮食方面歪理邪说盛行的时代。

在近年来出版的营养学、食品学和食品卫生学等相关图书中，非常详尽地介绍了各种饮食中所含热量以及在体内怎样消化吸收等知识。

有些人只读过其中一部分就开始高谈阔论某种食品具有某种功效。

在食之可口的美味中一般没有不好的东西。如果有的话，必然会引起反胃将其吐出或通过腹泻将其排出体外。

总而言之，人体的结构和功能都是为了保持健康状态造化而成的。

如果忘掉这些而去鼓吹什么这个对身体好，那个对身体不好，这对于食物来说无异于是失礼的行为。

当然，也有不好的时候，要么是饮食过量，要么是过于偏食。

与其那样，还不如根据自己的感觉来分辨哪个好，哪个不好。简单地讲，就是撇开理论凭直觉进行判断。

要想做到这一点，最重要的就是从小培养不挑食，注重多样平衡的饮食习惯。

常常听到有人说"我喜欢那个""讨厌这个""我绝对不

能吃这个"之类的话,这些都只是任性的表现。甚至有人炫耀自己偏食的毛病,其实这就等于暴露自己从小的饮食生活就有问题。

当然,那种在台上让人互猜最不喜欢吃什么东西的电视节目最荒唐无聊。

值得庆幸的是人类具备了五感,即视觉、听觉、嗅觉、味觉和触觉等。

如果在进餐时不运用如此优越的五感实在没有道理。

首先,要观赏眼前餐品的颜色和形状,其次用嗅觉感受餐品的气味,如有可能还可以用手触摸,然后再放入口中品尝味道。

如果你觉得可以接受而且愿意吃,那你就尽管吃,一直吃到你觉得够了就停止。

毫无疑问,谁都能够自己做出这种程度的判断。

然而,最近有太多的人不想运用自己宝贵的五感,却看重道听途说的所谓知识,并且对其深信不疑。

如果长此以往,人类本身所具有的五感就会失去作用了。

谁都知道,野生的狮子、豹子以及斑马等根本不知道什么营养学和食品学。

尽管如此,它们仍然能够保持优美的精壮肢体,奔驰在原野上,顽强地生存于大自然中。

我们就应该像它们那样,舍弃那些似是而非的所谓知识,根据自身的真实感觉去摄入食物和锻炼身体。

只要我们返璞归真,自然不会轻易听信什么"吃纳豆能瘦身"之类的歪理邪说。

自我陶醉的才能

正像以前所说,因为我五音不全,所以从来没有自己去唱过歌,不过,我还是应大家邀请常去能唱歌的地方。

但我去的并不是卡拉 OK,而是可以唱歌的酒吧或舞厅。不过,我去那里也从来没唱过歌。

说到去那里干什么,我大都是观察唱歌的人或跳跳舞。

说到后者当然是贴面舞。其实,像伦巴、探戈、华尔兹等等我什么都会跳。

我上大学的那个时代,正是交谊舞会的鼎盛期。我跟前辈学跳舞、举办舞会,还筹集过文艺部的活动资金。

当然,现如今在酒吧,想跳舞就得把餐桌挪到墙角腾出些许空地,所以只能跳跳贴面舞而已。

我同编辑等人去了这样的酒吧,那些对自己的歌喉颇有自信的人立刻扑向麦克风。要是没人管的话,真不知他们要唱多少首歌。

这时我就会说:"来一首有情调的歌吧。"然后就跟店里的女孩跳起了贴面舞。

表面看去像是那些霸占麦克风唱自己拿手歌的人占了便宜,但其实真正占便宜的是跳贴面舞的我。

唱歌的人说到底也只是唱唱歌而已,但跳舞的我却能跟女子脸颊相贴,所以肯定是我占便宜。不只如此,我还可以跟她们窃窃私语。再进一步,还有跟她们相好的机会……不过这个真没有。

还有,因为唱歌只是独自一人陶醉,所以根本不可能建立这种双方感觉都很满足的关系。

虽说如此,我也并非总能碰到这种好机会。

有时难得去一趟能唱卡拉 OK 的酒吧,可那里要么就是没有跳舞的场地,要么就是店里的女子忙得顾不上跟我跳舞。

每当碰到这种情况时,我就会喝着加冰威士忌观察那些唱歌的人们聊以解闷。

在这种时候,我就变成一个冷静的评论家。或许有人会说,你唱不了歌怎么评论? 其实,正因为我不会唱歌才能做出更加尖锐的评论。

这就像不会写小说的文艺评论家一样。

我看着唱歌的人,首先感到有些人唱歌虽然没什么毛病却毫无感情。也就是说没有味道没有魅力,平淡无奇。

而有些人则与此相反,虽然偶尔有失音准却唱得颇有味道,让人听得出神入迷。

如果问我哪一种好,我当然选择后者。

像后者那样的人有个共同特点,就是陶醉地闭上眼睛唱歌,或者像着魔一样盯着某一点沉浸在歌唱的世界中。

坦率地讲,当我看到这样的人时就会自感羞惭并移开视线。

这毫无疑问是因为对方发出的气场。这就是名为"自我陶醉"的气场。

自我陶醉——这是唱歌时绝对必要的状态,越是唱得好的人就自我陶醉得越深沉。

如此说来我想起以前曾问过岛仓千代子女士:"怎样才能唱得好?"她回答说:"只要想着自己唱得最好就行了。"

于是,我也偷偷地试着唱了一回,心中默念自己唱得最好,却觉得比以前更差了,没办法只好放弃了。

尤其是关于唱歌,我就是个冷静的观察者。我做不到心醉神迷,我只是一个十分清楚别人唱得好坏的尖锐的评论家。

就因为这个缘故，我永远唱不好歌。

不过，我虽这样说却也常常自我陶醉。

那就是在写小说的时候。我握着铅笔面朝稿纸，把男人和女人的世界写进格子里。在这个过程中，我毫不羞怯地自我陶醉在这个世界中。

在这个片段中我要彻底变成女性心态，而在那个片段中我要彻底变成男性心态。我有时会自言自语，有时会唉声叹气，就这样一页一页地写下去。

我倒是从来没让别人看到自己这种状态，但我觉得大概跟那些自我陶醉地唱歌的歌手没什么不同。因为我身处密室，所以也许比歌手还要陶醉。

我这样说是有证据的，当我完成作品再看到书时会感到十分惊讶："是谁居然写出这种事情？"可当我再看封面，上面赫然印着自己的名字，再次惊讶不已。

但是，我在写作时完全进入忘我的境地，毫无羞怯的感觉。

可能有人会问："你写这些到底想说什么呢？"

我想说："能够毫不羞怯地自我陶醉是一种才能。"

这不仅限于歌手、演员、演奏家以及画家，凡是从事创作的人都必须具备这种才能。也许各种工作在创意思考时全都相同。

每个人最好都有某种能够自我陶醉的专长。

我永远头脑清醒、沉着冷静——说这话的人可能一生都不会有好心情。

人还是稍微傻点儿好。

钝感是一种才能

我这次出版的书是《钝感力》。有几个人说："这个标题有点儿怪呀！"

把感觉迟钝说成一种能力也许会令人难以接受，会使人感到不可思议。但是，能够具备钝感本身确实是了不起的能力。

我最初感到迟钝有好处是在 20 岁到 30 岁时，当时我还是札幌医科大学附属医院的医师。

我从事外科工作，所以在深夜也会接诊因交通事故或斗殴受伤的人。

每到这种时候，医师都会被护士站打来的电话叫醒，必须迅速地对伤者的情况进行检查，并迅速采取适当的救治措施。

但是，那些总也睡不醒的家伙打好几次电话都起不来，而且就算能起来,看了伤者也不能马上干脆利落地做出处置。

特别是碰到出血严重的情况,医师如果行动迟缓往往会造成致命的过失。

因此,作为一名外科医师必须做到随时起来。但是,由于不能整夜都不睡觉,所以首先必须能够很快入睡,然后是能够随时起来。

这是作为外科医师,特别是急救中心的医师必不可缺的条件。所以,那种入睡慢和起床慢的男人会受到护士们的批评,当然也会遭到排斥。

那么要想继续生存下去,就必须具备钝感力。

即使周围多少有些吵闹,即使有些心事,也要能够很快入睡。而且,一旦发生紧急事态,也能够一跃而起并马上行动。如果在这种时候还摆出白脸书生的样子,睡觉靠服用助眠药物的话,那可真是百无一用了。

另外,在上手术台当助手时常常会受到上级的严厉斥责。其实现如今已经好多了,在严苛的学徒制度尚存的时代,学生常常遭到老师不堪入耳的训斥。

如果此时对老师的每句话都耿耿于怀并意志消沉,那就会一事无成。

即使遭到上级的猛烈训斥,第二天起来就忘得一干二净,并能开朗积极地继续工作。如果做不到这一点的话，在那个时代根本无法成为优秀的外科医师。

这种钝感力在一般企业中也具有同样的意义。

即使受到上级埋怨或有时遭到严厉斥责，不管孰是孰非先要道歉，第二天还要精神十足地去上班。如果没有这样的恢复能力就难以胜任工作，而且难以生存下去。

另外，在晋升管理层后，如果特别在意部下的小毛病或言谈举止并产生焦虑，那就很难再进步了。

从这个意义上讲，凡是升到较高地位的人或大或小都有相应的钝感力。他们不会过度在意别人的目光，都是以积极向上的心态面对生活。

与此相同，在各种领域中从事相应工作的人也都潜藏着钝感力。

例如上文中提到的歌手，他们就能完全无视周围人们的目光和看法，全身心地沉浸在歌唱的世界中。这毫无疑问正是钝感力强的表现。

演员也是同样如此，如果在表演爱情戏时感到害羞，或者难为情就不能完成拍摄。哪怕周围有人在看，哪怕现场被灯光照得明亮如昼，演员都能排除干扰正常发挥。

另外还有各种乐器的演奏，以及绘画、雕刻之类的创作，如果没有全身心投入纵情忘我的钝感力，就不可能创作出感动众人的作品。

不仅仅是这些，还有企业里新颖的创意和计划，各种策划方案的演示，一旦着手便突飞猛进直奔目标。如果没有钝感力就不可能圆满完成。

我总觉得现如今的日本人过于敏感。

在人际关系中稍微发生一点矛盾就焦虑受伤，不能妥善应对。稍不顺心就闭门不出，郁闷不已，不愿见人，最终不得不去找医师和心理咨询师。

以前企业里的专属医师多数都是内科专业，而现如今则几乎都是心理科了。

日本人为什么变得如此敏感了呢？

其最大的原因就是没能从幼年接触形形色色的人，都是独自在过度保护下长大，总是关在自己的房间里做功课或玩电子游戏。

人生中很多重要的学问，是需要通过与人接触来体验并掌握的，可人们实际上却只学了一些用处不大的书本知识。简而言之，就是不懂人际学。

这样的男女青年走上社会，难免会变成超敏感的孱弱之人。

在敏感的前方等待的就是过敏这种病态。

身处如今这样的时代,钝感力确实堪称一种才能。

现如今已是钝感比敏感更加大放异彩的时代。如果你觉得"自己好像有些迟钝"的话,希望你把它当作一种才能,满怀自信地积极向前。

美的标准

现在,我面前摆着一张女性苗条舒展的下半身照片。

看不到容貌,因为她几乎是完全背对镜头。那紧实的腰肢下是丰盈浑圆的翘臀,然后是线条优美的双腿。

虽说如此,倒也并非裸体。尽管从短外衣襟下微微露出腰部肌肤,但臀部以下裹着白色的紧身裤,从臀部到双腿的线条特别优美有致。

我说到这里才揭开真相:我看到的是某邮购杂志上的广告图片。

这是一幅推销长裤的宣传图片,旁边还排列着各种颜色的长裤,好像各种尺码都有。

可能因为推销的是长裤,所以图片不需要面部和上半身。但是,丰盈浑圆的臀部、流畅舒展的腿部线条确实优美至极。

若说我心醉神迷未免夸张,但确实是一时看得入神。

这时我突然心生疑问:那双腿为何显得如此之美?

当然,这是由特定的模特穿上白色长裤拍出的照片,毋庸置疑会很美。因为这种广告的重点是从臀部到腿部的线条,所以可能是特意聘请了这个部位尤为出众的模特。

虽说如此,可究竟为什么会显得如此优美呢?我请事务所的I君和两三位来客也看了,他们都说特别漂亮。

这就是说,人们对美好事物的认识大致相同。

正因为事实如此,所以才会形成美的概念并产生了"美"这个词吧。不过,仔细想来仍感到不可思议。

当然,美的概念常常因时空不同或多或少都会产生差异。

例如,在美国受到喜爱的美女大都比日本的美女个头高大而丰满。

实际上,在美国那位玛丽莲·梦露作为性感女性的象征颇受追捧。

与之相反,在欧洲却好像是体格稍小、腰身苗条的女子受到喜爱。

这里所说的是一般印象,所以或许还会存在个体差异。

但是,说到日本的情况就与欧洲相似,即体格稍小、腰身苗条的女子人气更高。

当然,近来所看到的模特都是高得出奇,瘦得要命,那种略感瘆人的皮包骨女子越来越多。

这种体形纵向看长度有余,看上去确实显得苗条。但是,如果说到是否能吸引异性则另当别论。

说实在话,那种个子特别高、胳膊腿特别长的模特我并不喜欢。如果只是一起走走或许特别拉风,但如果想发展到相亲相爱的境界,那么即使体形不算太好、腰身较长也没问题。

这也都是个人爱好问题,多少都会有些差异。不过,总体来讲人的美感基本相通,东西方的差距也不会太大。

在欧洲被称作美女的在美国也是美女,在日本也会受到赞赏。

或许会有人说,所谓美女不能只看其外形,还有内涵呢!不过,如果只能看到外形的话,就只好根据外形去判断了。

我曾疑惑,这种美的概念会不会随着时代的发展而改变。但不知是福是祸,即便以数百年为单位来看,也没有显著变化。

虽说如此,我们对事物感到美好的原点究竟在哪里呢?

这时,我想到了黄金分割。

例如长方形,如果长与宽是黄金比例,其形状为最美。

那么,人的眼睛、鼻子和嘴唇的位置如果合乎这种比例也是最美的吧。

我不太清楚黄金分割原理是否也适用于这个方面,不过,五官也确实存在着让我们看上去比较美的位置关系,当然,也有感觉比较丑的位置关系。

那么,人类有史以来是怎样形成这种美感的呢?

如果在这方面稍有偏差,现如今对于美女的评价毫无疑问也会发生相当大的变化。

比方说,如果眼距宽、鼻梁低、腿短、肚腩大却仍感觉很美的话,那么不好看的女子就成了美女。而且,如果这种美感已经固定下来的话,现如今的所谓美女或许会被当成丑女了。

如果美的标准每过百年就像这样变化一次是不是挺有意思? 可是,这几百年来,几千年来,美感居然几乎从未发生任何变化!

这真是令人既高兴又悲哀的事情。

有"大叔投递所"吗？

据说，这次要设置"婴儿投递所"了。

这个创意确实独特而具有当代风格。在设置之后实际利用率能有多高，我完全无法预料。

提出这项申请的是位于熊本市的慈惠医院。

该医院向市当局申请设置"婴儿投递所"，用以接收那些有抚养困难家庭的新生儿。该市市长表示了拟于批准的意向。

据说，该市此前在去年12月接到慈惠医院的申请，并曾就此事是否触犯监护人遗弃罪及儿童福利法向中央政府咨询过。

当然，中央政府方面已表示"在法律方面没有问题"，所以正式批准也只是个时间问题了吧。

使用这种"婴儿投递所"时，先要打开医院外墙上的窗口，然后以匿名的形式将新生儿放在室内的床上。

这种做法在德国等处好像已经得到推广,在"婴儿投递所"的隔壁就有专职人员 24 小时值班,一旦有人送来新生儿就必须立刻采取保护措施。

由此看来这种设施相当费事,但小宝宝的生命更加重要。

设置这种投递所之后最令人担心的是,会不会有更多母亲轻易地丢弃自己的孩子。

不过,我认为没有必要过度担心这个问题。

在设置投递所之后,不负责任的母亲或许真的会增加。但是,那种父母就算没有丢弃而是继续予以抚养,也未必能让孩子幸福成长。

因为不久之后,他们仍会感到抚养孩子太麻烦、太痛苦。如果孩子长到两三岁或四五岁时被丢弃的话,反倒会更加不幸。

在现实当中,这么大的孩子遭到虐待甚至被杀害的情况最近已报道过几例。

与其说等孩子长到半大不大、开始萌发自我意识时陷入这种悲惨境遇,还不如在出生时就送到投递所要幸运得多。

另外,婴儿的母亲还可以在投递所里留下书信,既可借此咨询相关机构也便于将来过继养子。

设置这种设施之后，不仅婴儿能够得到拯救，父母也是同样。

当然，在此之前有很多问题需要做母亲的进行反省。不过，既然忍受痛苦生下孩子却不得不狠心丢弃，做母亲的必定有其无法逾越的苦恼吧。

由于这种设施能够解除困难母亲在精神、经济和社会方面的负担，所以毫无疑问对父母和孩子都有好处。

我从这种"弃人"之举自然想到了《楢山节考》。

这是深泽七郎创作的小说，描写的是在某贫困村里有个古老传统——为了减少人口，老人年过70岁就要被抛弃在深山之中。

玲婆婆已经69岁身体依然很好，可她把自己结实的牙齿磕断并叫儿子把自己扔进深山。

儿子虽然极不情愿，却万般无奈地背着老母亲走向深山……

她满不在乎地沿袭这种因贫困而弃老的习俗。这种非现代的观念给当时的文坛带来了巨大的冲击。

现如今，那些弃婴的父母如此深刻地考虑过人的生与死吗？

当然,那时的极度贫困生活根本无法与现在相比,而且人们对于悲伤和辛劳的耐受能力也有天壤之别。

正是由于这些缘故,人们只是为了利于自己生存就轻易地做出弃老的事情。

有人担心,一旦设置了婴儿投递所,有些父母就会轻易地抛弃婴儿。我很理解这种担心,不过我又想到或许还会有更大的东西被丢弃。

例如,已经没有用处的大叔,还有只会给人添麻烦的老爷爷。

冒昧开个不好的玩笑,或许除了婴儿投递所之外,还会搞出个"大叔投递所"吧。

"我家老公不工作了还趾高气扬地挑三拣四,一看见他那个样子我就来气。"

虽说如此,但妻子还是嫌在丈夫睡觉时用红酒瓶爆头杀他既可怕又麻烦。

于是,妻子在酒里放入大量安眠药,然后在深夜将昏睡的丈夫用汽车拉走送进投递所。

那里温度适宜,所以丈夫不会感冒。而且,很快就会有人把他带走并精心护理,根本用不着操心费神。

这样一想,做妻子的就不会产生太深重的罪恶意识,可以满不在乎地弃夫了。

倒不如说在设置了"婴儿投递所"之后令人担心的是这种"大叔投递所",也许医院都会被大叔们住满……

当然,为此还必须把投递所的窗口再扩大一些。

丈夫如果跟妻子关系不和,并且还喝得酩酊大醉,保不准哪天就会被送进去,所以千万千万要小心啊!

不能说"喂,你"

地方报纸常常登载一些相当有趣的报道。

我在这里想说说就在前几天《西日本新闻》报上登载的报道,佐贺县武雄市提出了《禁止说"喂,你"条例》,一时成为热门话题。

当然,只说这些可能有很多人都不明白是怎么回事。

这个《禁止说"喂,你"条例》是为禁止丈夫在呼唤妻子时不用名字而是直呼"喂,你"而制定的。

据说,提出这项倡议的是武雄市的市长。他在参加某女性团体的集会时发起这项提案,认为要想实现男女共同参政必须对男权意识进行改革。这项提案一经公布,本市自不必说,从全国都发来了几十条赞成或反对的意见。

据说,市长对此颇感惊讶,还召集本市干部专门进行探讨。

在收到的意见中表示反对的主要有：用"喂，你"来呼唤妻子是表达爱意的一种方式，而通过制定条例来禁止则违反宪法中关于个人言论自由的条款。

我觉得没必要那么夸张地考虑这个问题。不过女性却发来了激励的话语："再次认识到那种称呼不尊重对方""市长亲自公布这项提案令人高兴"。

市长表示，由于讨论十分热烈已达到预期目标，是否正式制作相关条例要在征求市民意见之后再做决定。

这种用"喂"来呼唤女性配偶的做法并不仅限于武雄市，现如今日本全国各地仍用"喂"来呼唤妻子的地方还有很多。就连在东京都不乏其例。

而且，这种呼唤听起来确实有种男性居上或丈夫对妻子耀武扬威的感觉。

来自男性的反对意见说那是表示爱意的一种方式，但明确地讲，这种说法似乎有些勉强或自以为是了。

先不说明治时代和二战前情况如何，现如今恐怕已经没有哪个做妻子的听到"喂，你"会高兴吧。而最近也许有更多做妻子的都不会回应这种呼唤，她们说："我的名字不是'喂'。"

在现实当中，几乎所有的年轻伴侣都直呼妻子的名字。这也许是最为普遍的呼唤方式。

不过，在某些情境中用"喂"来呼唤也没什么不好的感觉。例如，"喂，到这边来呀！""喂，你不要紧吧？"等等。这时使用"喂"也许更能增进亲近感。

如此看来，与其说"喂"本身不好，不如说是用法有问题。

虽说如此，为什么这种问题现在会引起热议呢？其最大的原因就是，日语中关于爱的词语过于贫乏。

在日语中，呼唤最爱的她或妻子除了名字之外就只剩"喂"和"你"了。仅从这一点也能看得十分清楚。

日本历史上，有相当长一段时间，一直是以男性为中心的社会，极端排斥关于爱和性之类的文化。那种思想绵延不断地传承至今，就导致了这样的结果。

与此相比，在英语中却净是"甜甜""甜心""玩具娃娃""我的爱"之类的甜言蜜语。而法语中也有大量的此类词语，如"我的最爱""我的小姑娘"等。

我想，日语能不能也学学英语和法语创造些甜言蜜语呢？可是，这些都需要社会的向前发展，很难一蹴而就。

于是，我左思右想终于想到了"妈妈"这个称呼。

特别是有孩子的夫妻，丈夫都会这样呼唤妻子。可是我又一想，又觉得这种呼唤方式也很别扭。

我认识的一位医师曾在美国朋友面前用"妈妈"呼唤自己的妻子，那位美国朋友仔细地打量夫人的面孔，问道："这个人真是你的母亲吗？"

与此相反，如果妻子将丈夫唤作"爸爸"的话，就可能被误会这位夫人是否与父亲有乱伦关系。

如此看来，与其说用"喂"来呼唤妻子的男人不好，不如说只能产生这种词语的日本文化本身有问题。这一点已经越来越清楚了。

实际上，"喂"这个词现如今依然被某厂商作为茶饮料的名称堂而皇之地使用。

"喂，茶！"

我很怀疑，现如今还有这样叫妻子倒茶的男人吗？不过，如果妻子这样呼唤丈夫或许更显自然。

我的保健方法

我以前也曾写到过,听别人问我"你精神真好呀"就会觉得"精神好似乎有错"。

除此之外,最近又常有人问我:"你没什么毛病吗?"对于这个问题,我决定反问对方:"没毛病不好吗?"

坦白地说,我目前确实没什么毛病。于是,对方又问:"你有什么保健方法吗?"

如果逐一作答也实在太麻烦,所以我决定暂且这样回答——好好睡觉。这时,对方好像因惊奇而颇感困惑。不过,如果非说不可的话,我的保健方法就是睡觉。

总而言之,睡眠就是健康的基础,是医治百病的原点。睡眠就是迅速恢复体力,让身体细胞充满活力的最好方法。

有很多人将信将疑,似乎想问:"有那么简单吗?"可是,现如今连如此简单的道理都不明白的人实在太多了。

当我们感到疲劳，有感冒征兆，身体稍有不适时，首先就是要睡觉。这个道理连小猫小狗都知道。在这里还是要说到钝感力，脑瓜太好、过于敏感的人总要想些多余的事情，因此睡眠不会太好。

可是，有人对我只回答"睡觉"似乎并不满足，又问："另外在饮食方面需要注意什么？"

对于这个提问，我回答说："我喜欢吃柑橘。"实际上我确实特别喜欢柑橘类水果，每天都要吃两三个新鲜橘子或柑橙之类的。

对方听了似乎还不满足，又问："在运动方面呢？"

对于这个问题，我回答说："什么运动都不做。"

说实话，有时候对健康有益的事情我什么都没做。是的，倒不如说我常常喝酒到很晚，深夜还会继续写作，做了很多无益于健康的事情。

对方似乎不可思议地问："那你怎么会……"但一般来说，只要是能得到愉悦感的事情，对身体都不会有明显的坏处。

另外有件事情，虽然没人问过我，但我自认为对身体有益，所以经常在做。

听我这样一说，可能有人以为是什么特别的事情。明确地讲,这可不是什么可以公开做的事情。或者说,如果在大庭广众面前这样做的话,恐怕难免会被看成是"奇怪的家伙"。

这就是称赞自己的身体,特别是某些器官。

当我在深夜长时间阅读或查过词典之后,都会悄声细语地向眼睛说一声:"今天也看得很清楚,谢谢啦!"

我会向自己的眼睛表示感谢。

同样,我在喝酒之后还会向自己的肝脏表示感谢。

在心情舒畅的夜晚多喝几杯酒,回到家里倒头便睡。

我喝醉后第二天早上睡过头是常有的事,但不管怎样,起来后都会感到头脑十分清爽。于是,我先把手贴在右上腹肝脏部位感谢一番:"虽然我喝了那么多酒,可你一夜之间就完全解毒了。谢谢你!""今后也许还会喝酒,到时请再多多关照!"

如果醉酒尚未完全消解,为了解醉我会再喝少许啤酒并再睡上一觉。在醒来后醉意全消时,我还会对肝脏君道谢:"我以后不会喝这么多酒了。你帮我恢复了清醒,谢谢!"

虽说都是各司其职的分内之事,但我们身体的各个器官为了主人确实是在日夜不停地拼命工作。

特别是心脏和血管,时时刻刻都不能休息。如果不对它们表示感谢,那可就太傲慢不逊了。

因此,我道谢最频繁便是在小便的时候。

当我喝多了去酒吧的厕所或公共厕所等处,也会望着顺畅排泄的尿线喃喃自语:"这次排尿也很爽,谢谢啦!"

可能有很多人觉得排尿顺畅是很平常的事情,可对于患有肾脏病的人来说,却是值得欣喜落泪的事情。

实际上,如果排尿不畅的话,是不能充分饮水的,甚至还会导致死亡。可能是因为我曾诊治过各种各样的重症患者,所以总想对自己的身体表示感谢。

如此看来,我们必须表示感谢的身体部位真是数不尽。

而另一方面,因为我们身体的各个器官都在日夜不休地工作,所以只要得到主人的褒奖,它们还会鼓足干劲继续努力。

相信这一点并随时夸奖自己的身体——这是我的另一个保健方法。

关于城山先生

城山三郎先生去世了。

众所周知,城山先生凭借《总会屋锦城》开拓了经济小说这一门类。他还创作了传记小说《落日燃烧》等作品。

城山先生小时候体验过悲惨的战争。因此,他在一生中持续探讨组织与人的关系问题,而且一贯坚决反对个人信息保护法案。

由于这些原因,一提到城山先生似乎就会想到硬汉形象。不过,我却曾经与不同于硬汉的、普通的城山先生亲切交往过。

那是在 1977 年,我们同行去欧洲进行巡回演讲。

这次巡回演讲由讲谈社等单位共同举办,演讲的对象是旅居欧洲各地的日本人。演讲人是新田次郎先生、城山三郎先生和我,共三人。其中,新田先生最年长,然后是城山先生,我是相当年轻的一辈。当时最令人头疼的是,新田先生跟城山先生脾性不合,两人之间几乎没有直接对话。

本来新田先生性格开朗,喜欢自我表现,每到一地都会在演讲前上街游览一番,并创作二三十首俳句,还要书写在彩纸上,届时再介绍给听众。

但是,新田先生所作的俳句都很蹩脚或者说很拙劣,可他自己却毫不畏怯,认为"最重要的是先要创作出来,至少也能得到一首诗"。

事实上当时正值春季,新田先生主张,在无物可咏时只要在第一句、第二句之后加上"春雨淅沥沥"这个第三句即可。

然而,城山先生的意见却完全相反。他皱着眉头说:"那样的俳句还好意思公开呀!"而且可以说绝对不会写在彩纸上。

说实话,我半恶作剧般地模仿新田先生作了一首:"再过整三日,收拾行装回日本,春雨淅沥沥。"而城山先生也和了一首:"如此欧洲行,郁闷无聊情难堪,春雨淅沥沥。"

两位先生就一直那样不愿迎合对方,而不愿违心地迎合对方正是他们的可贵之处。此后,我们还应邀去东南亚巡回演讲并赴美演讲。另外,在参加国内杂志《文艺春秋》主办的演讲会时,我也多次与两位先生同行。

我觉得，相对于硬派城山先生，自己属于软派。可是，或许正是托福于这种反差，城山先生倒很喜欢我。

城山先生在早晚聚餐时从未流露过生硬的态度，反倒颇有兴趣地，有时又不可思议似的让我讲讲与女性交往的成功以及失败的经验。

这位城山先生有一个业余爱好就是打高尔夫球，这也与喜欢散步的新田先生互不投合。当新田先生听说城山先生一大早就去打高尔夫球时，就板着脸说："拿那么根棍儿抡来抡去有什么好玩儿的呀？"

城山先生在旅途中还创作了"早城山，午新田，晚淳一"这种奇怪的诗句。坦白地讲，这位城山先生打高尔夫球真不行。尽管如此，他依然特别喜欢打高尔夫球。当然，对于他来说，打多少杆数似乎都无所谓。

城山先生家附近的茅崎三百俱乐部是他的主场，我也曾多次同他一起打球。而近十年来，他已成为年轻小甜甜们的偶像，人气非常高。这可能是因为他毫不在意杆数，健步走在绿茵场上的孤高飘逸身影特别可爱。

城山先生是从7年前夫人去世后健康状况变差的。

因为每次见面都发现城山先生比以前消瘦，我就问他："您吃饭还好吗？"先生回答说："我一个人不想吃饭啊！"

于是,在夫人去世一年多时,我让先生看了一些年龄比他小一轮的标致女子的照片并问道:"您不打算再婚吗?"

城山先生几乎没看照片,只是嘟囔了一句:"不……"

我劝先生说:"但是,如果身边有个女子,您的精神状态会变得好些。而且,万一有什么事儿也能帮个忙。"

城山先生终于拿起照片望了片刻,说出一句:"这不会是你的二手货吧。"

"怎么会呢,我为什么要向老师介绍那种人呢?"我感到非常惊讶并解释说,"这是讲谈社社长的熟人啊!"

但是,城山先生只是歪了歪脑袋。

我也想过,如果城山先生当时再婚就好了。不过,可能都是因为夫人在城山先生心中印象太深刻了吧。

看来,城山夫人确实是一位温顺贤惠的女子,对先生照顾得无微不至。城山先生或许因此而不会再考虑其他女性了。

据说,男人一旦失去特别温顺贤惠的夫人就会加速衰亡。或许城山先生现在就在他最爱的夫人身旁,并且告诉她:"多亏我没听渡边君的话呀!"

上电视后想到的

到今年（2007年）3月底，我将结束参演富士电视台每星期六早上的《智慧冒险发现》栏目。

辞演的理由很简单，就是因为每星期六早起太痛苦了。

这档节目从9点55分开始，但在此之前8点半就要在电视台开一小时左右的预备会。因此，为了准时到达富士电视台所在地御台场，我必须在7点45分从涩谷的事务所出发。这就是说，我最晚也得在7点钟起床才能来得及。而且，为此我要在前夜，即星期五晚上12点钟上床睡觉。

可是，星期五晚间总有各种晚会和聚餐活动。而且，很多人因为第二天不上班而常常喝酒到深夜。当然，更别想在星期五出发做短途旅游和星期六去打高尔夫球了。

总而言之，我就是想在星期五晚上好好放松一番。我就是因为这个稍显任性的需求而感到参演电视节目相当痛苦。

当然,我在接受邀请初期曾简单地认为,只要发挥自己天生的钝感力就没有问题。但是,实际体验之后才知道参演电视节目相当不容易。这时我重新认识到,演播早间节目的人肯定具有相当强的忍耐力和自我约束力。

这档节目的主持人是小仓智昭先生。他曾经住在札幌近郊的别墅区——瑞典山。我跟他可以说是别墅邻居。

在离别墅区最近的石狩太美站前广场,有一家兼营烧烤的美味拉面馆名叫"中村"。因为吃遍札幌拉面的我也觉得这家拉面太好吃了,所以把它写进了随笔集中。而小仓先生也是这家拉面馆的粉丝。

从那时起,我一住别墅就每晚去这家拉面馆。而小仓先生则痴迷有加,甚至全盘承接了这家拉面馆的面条和浇汁的技术,在东京的中野区和夏威夷的火奴鲁鲁开了"中村"拉面馆。

我就是应这位小仓先生之邀参演电视节目的,其间颇感惊讶和感动,也学到了很多东西。

第一点,我首先认识到文字的世界与影像的世界完全不同。在文字的世界中,写上几行后如有不满意之处可随时修改,就是写了擦、擦了写的反复积累。但电视直播却完全没有这种修改的余地,而是需要急中生智,脱口秀出精彩的世界。

因此，直播特别考验人的瞬间应对能力。当然，由于主题已事先在画面上显示，所以只要提前准备好怎样发言倒也不是很难。但是，根据全场状况适时推进程序的主持人可就不这么简单了。这里才真正能够展现主持人的实力。

　　另外还有一点，电视是与自我炫耀和腼腆害羞绝缘的世界。不管遇到什么情况都要能够快速地抓住瞬间空隙发言——没有这种厚脸皮精神绝对难以胜任。虽说如此，像《智慧冒险发现》这种由主持人恰到好处地分配机会的节目，我倒还能游刃有余。但是，如果在综合娱乐和搞笑之类的节目中，我绝对拼不过那些眼疾口快又爱抛头露面的人。

　　如果再多加一点就是，演播电视节目非常重视容貌、服装和气质等外表的效果。这与讨论话题内容的要求相同，甚至有过之而无不及。这也是与以作品优先的文字世界大不相同的方面。

　　但是，现如今电视界好像已进入成熟尽头的混乱迷茫时期。从电视界发生的《发现！确有其事大百科》造假问题，我们可以十分清楚地看到节目本身的程式化和内容的轻俗化。

　　最具象征性的就是综艺节目。以前就曾有人批评说，这种节目与其说是娱乐观众，不如说是参演者在台上自娱自乐。这毫无疑问是庸俗无聊的做法，但其背后隐藏的是制作者的想当然心态,以为只要让搞笑艺人上场就能把节目搞得气氛热烈。

在以前的搞笑节目中,总能感受到导演与艺人在台下千锤百炼的真功夫。可现如今的搞笑艺人却只是即兴发挥哗众取宠,离主流相差甚远。例如,在讨论某种社会问题时,一旦有搞笑艺人加入就开始插科打诨只求赚人气,而内容却总是缺乏深度。

我通过观察现场发现,从事电视节目制作的几乎都是35岁左右的男性。再加上电视界几乎完全没有女性制作人,所以当然会导致如今这种只以闹哄哄的节目为中心的状态。

事实上,近来有很多观众厌恶这种状态而逃向其他电视节目。现如今看电视最多的就是行动能力较弱的中老年人。

虽说应该充分重视这些观众,可30多岁的年轻人并没有制作适合中老年人节目的创意和方法。

能不能多制作一些在晚间深夜播放的、具有实质性内容的评说类和访谈类节目呢? 如果能的话,害怕早起的我似乎也能上场出镜了。如果像现在这样只注重场面花哨、气氛热闹而内容轻俗的节目的话,只能使观众加速远离电视。

扩大的感觉"格差"

最近流行"格差"这个词,在各种领域中都被频繁使用。

例如,社会格差、经济格差、地域格差、环境格差、教育格差、信息格差等等。

我在本文中所写的内容就属于地域格差。

前些天,我有机会与一位居住在东京以外某地方的女士会面交谈。当我们偶然提到前不久柳泽厚生劳动大臣的言论时,她说:"'女人是生孩子的机器'这个说法引起了轩然大波,我不明白是什么原因。"

这里万万不能搞错的是,这位女士想表达的并不是"大臣居然能说出那种话,我不明白他的本意是什么",而是"我不明白媒体为什么会对此大肆炒作"。

看到这里,可能有很多人也会疑惑不解:"为什么?"

但是,那位女士的回答十分简单明了:"当然啦,这种话在我们那儿经常说啊!"

假设那位女士是一位35岁的家庭主妇,有两个孩子。她的看法是:"那种说法合情合理。"

实际上在她所居住的地方,选媳妇首先要求身体结实。能不能正常地生孩子,这是选媳妇的第一标准。

"女人结婚生娃是天职。"这当然是结婚当事者和双方父母共同的观点。

正因如此,柳泽大臣说的只是理所当然的事情,并没有什么不好理解的。倒是对这种理所当然的发言进行大肆炒作的媒体和东京人令人感到匪夷所思。原来如此。这样一说,我就完全明白她的疑惑了。

在她居住的地方看来极为稀松平常的事情,到了东京竟然成了非常严重的大问题。

她又说:"难道不是这样吗?只有女人才能生娃嘛!"

她说的确实没错,即使被称为"生娃机器"也不是什么大问题。但比此更重要的是机器的性能如何,如果这里出了问题就会引起议论。

其实用不着回溯到原始社会时期,在我们社会发展过程中,有相当长一段时期,女性都一直被认为是生娃机器。

当然,生存在当代的我们会对"机器"这种比喻特别介意。不过,也许发言者表达的意愿并没有错。

我倒没有维护大臣的意思,但现如今此类看法或者说观念在某些地方依旧根深蒂固,人们对此并无反感。

但是,在东京这样的大都市,这种"机器发言"却百分百地不能为人接受。事实上,居住在这里的人们对大臣的言论进行了强烈反驳。由此可见,像东京这样异常膨胀的大都市与东京之外的某些地方在理解上存在着巨大的差距。稍微夸张一点似乎应该说,这种理解差异恰因"机器发言"绝妙地体现了出来。

确实可以说,从风俗到时尚乃至亲子之间和夫妻之间的状态,东京与地方的差距都非常大。即便拿来一本女性杂志看看,也都是以东京为中心的内容,其中登载的几乎所有服装,在某些人们的眼光苛刻的地方根本穿不出去。

总而言之,这就是地域格差。而这种格差从理解方面到男女关系以及从婚姻观到夫妻观等都有所扩大。这是毋庸置疑的事实。

柳泽大臣的发言遭到媒体的强烈批评,但那些媒体是不是只把东京这类大都市放在心上,却从未考虑过东京以外的其他地方的居民的心情呢?

本来当那种言论出现时,正是评论东京与东京以外的其他地方人们的认知差异的绝好机会,却被媒体片面地忽略掉了。这不能不说令人略感遗憾。

我写到这里联想起另一件事。大约 10 年前,在日本海沿岸的某个町区发生了"解雇保育员风波"。在那个町区的保育所工作的某保育员不慎未婚先育,就被认为有失体统而遭到解雇。某大报纸的社会版发表文章,以批评解雇方的做法落伍于时代的论调报道了那次风波。

确实如此,现如今东京的几乎所有居民如果听说有人因为做了未婚母亲而被解雇,一定会发起猛烈的抨击。

不过,在那则报道发表半个月之后,我恰巧预定要去那个町区做演讲。因为在演讲之后有机会与当地的居民欢聚畅谈,我便请他们讲讲对保育员被解雇的看法。

于是,在座的近十位男女居民异口同声地说:"我们怎么能把孩子交给那种品行不端的女人呢?当然要解雇她啦!"

从这次风波也能看到,东京人的观念在这个地方上行不通,而这个地方上人们的观念在东京也行不通。而且,东京与这个地方的这种认知差异每年都在扩大。

且不说经济格差同样如此,因为这种认知差异扎根于人的感性和价值观之中,所以潜藏着今后有可能发展为重大冲突的危险。

后 记

　　这部随笔集收录了从 2006 年 5 月到 2007 年 5 月在《周刊新潮》上刊载的文章。

　　读者通过内容可以了解这一年来社会的发展变化以及我自己的心理活动。

　　如果各位读者在阅读中能与本人共同回顾过去的一年并能展望未来，我将感到十分荣幸。

　　　　　　　　　　　　　　　　　　　　渡边淳一